从心所欲不逾矩

许渊冲

2021年4月（100岁）

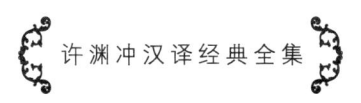

许渊冲汉译经典全集

莎士比亚

Julius Caesar

凯撒大将

许渊冲 译

商务印书馆
The Commercial Press

图书在版编目（CIP）数据

凯撒大将 /（英）威廉·莎士比亚著；许渊冲译. —北京：商务印书馆，2021（2021.7 重印）
（许渊冲汉译经典全集）
ISBN 978-7-100-19413-6

Ⅰ.①凯…　Ⅱ.①威…②许…　Ⅲ.①悲剧—剧本—英国—中世纪　Ⅳ.① I561.33

中国版本图书馆 CIP 数据核字（2021）第 022308 号

权利保留，侵权必究。

许渊冲汉译经典全集
凯撒大将
〔英〕威廉·莎士比亚　著
许渊冲　译

商 务 印 书 馆 出 版
（北京王府井大街36号　邮政编码100710）
商 务 印 书 馆 发 行
南京爱德印刷有限公司印刷
ISBN 978 - 7 - 100 - 19413 - 6

| 2021 年 3 月第 1 版 | 开本 765×965　1/32 |
| 2021 年 7 月第 2 次印刷 | 印张 4 1/2 |

定价：65.00 元

目 录

第一幕⋯⋯⋯⋯⋯⋯⋯⋯⋯⋯⋯⋯⋯⋯⋯⋯⋯1
第二幕⋯⋯⋯⋯⋯⋯⋯⋯⋯⋯⋯⋯⋯⋯⋯⋯28
第三幕⋯⋯⋯⋯⋯⋯⋯⋯⋯⋯⋯⋯⋯⋯⋯⋯56
第四幕⋯⋯⋯⋯⋯⋯⋯⋯⋯⋯⋯⋯⋯⋯⋯⋯87
第五幕⋯⋯⋯⋯⋯⋯⋯⋯⋯⋯⋯⋯⋯⋯⋯109
译后记⋯⋯⋯⋯⋯⋯⋯⋯⋯⋯⋯⋯⋯⋯⋯131

剧中人物

朱力斯·凯撒

奥大维　凯撒死后三执政之一

马克·安东尼　同上

艾梅·雷必达　同上

西瑟罗　元老

比必亚　同上

坡比亚·勒那　同上

玛卡斯·布鲁达　反凯撒的党人

卡亚·卡协斯　同上

卡斯卡　同上

特邦涅　同上

卡厄·利加略　同上

德夏斯·布鲁达　同上

莫特勒·星波　同上

辛那　同上

甫拉维　护民官

马鲁勒	同上
亚登密	诡辩者
预卜者	
另一诗人	
鲁西列	布鲁达、卡协斯的友人
狄地涅	同上
摩沙拉	同上
小卡托	同上
沃伦涅	同上
华罗斯	布鲁达的仆人
克里塔	同上
克罗底	同上
特拉多	同上
路协斯	同上
塔塔涅	同上
平达鲁	卡协斯的仆人

凯撒的仆人

安东尼的仆人

奥大维的仆人

  卡芙妮 凯撒的夫人

  玻西娅 布鲁达的夫人

凯撒的阴魂

元老、市民、侍卫、侍从等。

第 一 幕

第一场

罗马街上

（甫拉维、马鲁勒及民众上。）

甫拉维　走开！回去，你们这些游手好闲的人，还是都回去吧。今天放假了吗？你们靠做工过日子，怎能在工作的时间里，不穿工作服就逛起街来了？说吧，你是干什么活的？

木　匠　怎么，先生，我是一个木匠。

马鲁勒　那你的皮垫子到哪里去了？还有你的尺子呢？怎么不带工具却穿上好衣服出来了？——还有你，老兄，你是干哪一行的？

补鞋匠　说老实话，先生，我说不上是正正经经干一行的，不过是个修修补补的帮工罢了。

马鲁勒　修补什么呀?老实说吧。

补鞋匠　如果说话不脸红的话,我干的这一行就是修理破鞋漏洞的。

马鲁勒　这也算一行吗?你这样游游荡荡,能说得清楚吗?

补鞋匠　不要着急,先生,我求你了,不要和我发脾气!如果你的脾气漏出来了,我也会帮你修理的。

马鲁勒　你这是什么意思?要修补我的漏洞?你这个油嘴滑舌的家伙!

补鞋匠　老兄,为什么不可以修补你的漏洞呢?

甫拉维　你是个修破烂的,对吗?

补鞋匠　说对了,老兄,我过日子就是靠这把绱鞋的锥子。我这把锥子钻过男人的空子,也钻过女人的破鞋,我的确可以算是个修理漏洞的外科医生。他们的鞋子出了毛病,我都可以补旧如新。正经人穿上我修过的鞋子就不会走上歪门邪道了。

甫拉维　那你今天为什么不在店里干活,却带着这帮人游街来了?

补鞋匠　说得不错,老兄,我要他们走烂他们的鞋子,好来找我做生意呀。不过,说老实话,老兄,我们今天放假,是上街来欢迎凯撒,庆祝他凯旋的。

马鲁勒　为什么这样兴高采烈?他带回来了什么胜利?他滚滚的战车后面带来了多少俘虏?你们难道成了毫无知觉的木头石块?你们这些忘恩负义的罗马人,心肠又硬又狠!你们忘记了庞贝吗?多少次你们爬上了高高的城墙,爬到塔顶窗前,甚至爬到了烟囱顶上,怀里抱着孩子,整天坐着耐心等待要看伟大的庞贝经过罗马的街市。当你们一见他的战车出现,你们不是发出了惊天动地的欢呼,使第伯河两岸听了也惊慌颤抖,使惊涛骇浪冲出了缺口?

而你们现在却穿上了盛装华服,选出了一个新的节日,在路上撒下了鲜花,来迎接一个踏着庞贝血迹归来的胜利者吗?去你的吧!快回去跪下祈祷天神饶恕你们忘恩负义的罪行吧!

甫拉维　去吧，去吧，同胞们，快集合你们的队伍，把他们带到第伯河的两岸，让你们的眼泪流到河里，使浅处的河水也澎湃咆哮，涌上岸来吧！

（民众下。）

瞧，下等人也会感动得无言对答，问心有愧，悔罪而去了。现在，你顺着那条路到元老院去；我沿着这条路走。要是路上看见凯撒的塑像上有华丽的装饰，就把它撕个干净。

马鲁勒　我们可以这样做吗？你知道，今天是罗马的狼神节啊。

甫拉维　那不要紧。只要塑像上没有凯撒胜利的标志就行。我要去赶走街上的群众；你可以看见哪里人多就去哪里，要把凯撒身上越来越丰满的羽毛拔得越多越好，免得他远走高飞，得到众望所归，那我们就只能战战兢兢，受他的奴役了。

（二人下。）

第 一 幕

第二场

罗马广场

（鼓乐声中，凯撒、安东尼［着赛跑装］、卡芙妮、玻西娅、德夏斯、西瑟罗、布鲁达、卡协斯、卡斯卡等上，群众中有一预卜者。）

凯　撒　卡芙妮。

卡斯卡　大家静一静，听凯撒讲话。

凯　撒　卡芙妮。

（鼓乐声停。）

卡芙妮　我在这里，主公。

凯　撒　安东尼赛跑的时候，你要站在他跑道上。安东尼！

安东尼　主公有什么吩咐？

凯　撒　你跑到卡芙妮面前,不要忘了碰她一下。老辈人说:跑得快的人碰一下,会使女人怀胎,早生孩子。

安东尼　不会忘记。凯撒说到什么,就会做到什么。

凯　撒　让仪式照常进行吧。

（鼓乐声起。）

预卜者　凯撒!

凯　撒　听!有人喊叫。

卡斯卡　大家静一静!

（鼓乐声停。）

凯　撒　谁在高声呼唤?我听见一个声音盖过了鼓乐,高声呼唤凯撒。说吧,凯撒在听着呢。

预卜者　要提防三月节!

凯　撒　这是个什么人?

布鲁达　一个预报祸福的人,他提醒你三月节要当心。

凯　撒　叫他过来,我要看看他的面目。

卡斯卡　喊话的人过来,凯撒要见你。

凯　撒　你有什么话要对我说?现在再说一遍吧。

预卜者　你要当心三月节!

凯　撒　他是在说梦话吧。我们不必管他。让他去吧。

（号角声中，众下。布鲁达、卡协斯留台上。）

卡协斯　你去看赛跑吗？

布鲁达　我不去了。

卡协斯　我看还是去好。

布鲁达　我缺少一点好胜心，而这恰巧是安东尼高人一等的地方。我不多打扰你。卡协斯，我要走了。

卡协斯　布鲁达，我发现你变了。我从你眼睛里看不到从前表示感情的好意，你不那么随和了，对你亲近的朋友也疏远了一点。

布鲁达　卡协斯，你看错了，如果我不让眼睛流露我的心情，那是我怕我内心的苦恼会连累别人。我近来的确有一些和以前不同的想法，但那只在我的心情上占了一席之地。我不想让我的朋友也沾染上我的苦恼——而你，卡协斯，就是我朋友中的一个——其实，我自己内心还在交战呢，所以就顾不到对朋友表示好意了。

卡协斯　这样说来，布鲁达，我误解你的心情了。由于误解，我自己心里也埋藏了一些值得一谈的想法。告诉我，布鲁达，你能看见自己的脸孔吗？

布鲁达　当然看不到，卡协斯，眼睛怎能看到自己呢？那就只有照镜子了。

卡协斯　说得对，但也很可惜，布鲁达，你没有镜子可以照出隐藏在你眼中的无价宝，看不见自己的形象；我听见许多在罗马最受尊重的人——除了不朽的凯撒之外——他们都在时代的枷锁下痛苦呻吟，但是谈起高明的布鲁达来，他们却都希望布鲁达有他的远见卓识。

布鲁达　卡协斯，如果你们在我身上发现了并不属于我的品德，那会使我做出多么危险的事情来啊。

卡协斯　那么，我的好布鲁达，你就做好准备，听我说吧；既然你知道不能像镜子一样看清自己，我作为你的一面镜子，就不得不把你所不知道的事情老老实实告诉你，老实的布鲁达，请你不要怪我。如果我是一个大家笑话的人，或者像反对我的人异口同声地诋毁我对新事物的看法；如果我会当面讨好，吹牛拍马，背地里却又诽谤谩骂；如果我在酒席桌上称兄道弟，聚众闹事，你就说我是个危险人物吧！

（鼓角齐鸣，欢呼声起。）

布鲁达　这阵欢呼是什么意思？我怕大家要选凯撒为王了。

卡协斯　唉！你也怕吗？那我看你当然不愿意假想成真了。

布鲁达　我当然不愿意，卡协斯，虽然我还是爱戴他的。不过，你为什么拉住我谈这么久？你想告诉我什么事？只要你说的对大家有好处，只要我一只眼睛看见光荣，即使另外一只面对死亡，我也会毫无惧色地睁开双眼的。不管上天给我多长的生命，我对光荣的热爱总会超过对死亡的恐惧。

卡协斯　布鲁达，我知道你德高望重。那好，今天我要谈的就是品德的问题：我不知道你和别人如何对待生活，但是对我而言，我不愿意为我这个小我而活着。我生来是和凯撒一样自由的，你也一样；我们两个都和他一样享受温饱，和他一样抗寒御冬。有一次，在一个风大浪急的日子里，第伯河上波涛汹涌，冲击两岸，凯撒问我："卡协斯，你现在敢不敢和我一同跳入这惊涛骇浪之中，游到对岸去？"一听这话，我二话不说，就跳下河去，叫他跟着我来；他也跟着来了，但是河水奔腾怒吼，我们要集中全副精力，拿出全身气力，才能破浪前进。但在我们还没到达对岸预定地点的时候，凯撒叫了起来："救救我吧，卡协斯，我要沉下去了！"那时，我就像建造罗马的祖先伊义士从特洛亚城的战火中救出他的老父一样，把筋疲力尽的凯撒从第伯河的恶浪中救了出来；这个凯撒现在竟成了天神，而卡协斯却还是一只可怜虫，只要凯撒满不在乎地向他点一点头，他就要像到了热带地方一样全身发烧，而我却还记得他当年在第伯河中是怎样冷得全身发抖的：的确，这尊天神也会发抖，他胆小的嘴唇也会失色；现在，他瞪一眼就会使世界惊慌失措，失去光彩，但是我却听到过他呻吟；的确，他的舌头一声令下，罗马人立刻竖耳倾听，并且记录在案。哎呀，他却忘了当年像个贫病交加的弱女子一样，求我给他一点水喝。天神呀，这真叫我惊讶，一个这样无能的人居然征服了天下，还得到了棕榈勋章！

（鼓乐声中，欢呼声起。）

布鲁达　又是群众欢呼，我的确相信又有新的荣誉加在凯撒身上了。

卡协斯　当然啰，老兄，他像一个巨人似的张开双腿，雄视这个渺小的世界，而我们这些小人物却只能在他胯下伸头探脑，寻找一条微不足道的小路，走向销声匿迹的坟墓。人有时是自己命运的主人。亲爱的布鲁达，命不好不能怨天尤人，要怪我们自己成了命运的奴隶。布鲁达和凯撒，这两个名字有什么高低之分呢？为什么凯撒比你响亮？写下来一看，你的名字和他的一样美观；你念一念，嘴里的声音也一样好听；秤上一称，你的名字并不比他的轻；赌咒发誓，布鲁达和凯撒一样，都能感动鬼神。那么，用所有天神的名义起誓，凯撒吃了什么肉，才变得这样伟大？——时代啊，你不惭愧吗？——罗马啊，你失去了高贵的教养吗？——自从古代洪水之后，一个世纪以来，世上的伟大人物只有一个吗？啊，你我都听父辈说过：历史上有过一个布鲁达不能容忍在罗马建立一个魔鬼可以称王道霸的帝国啊。

布鲁达 你对我的好意，我想不必多说；你希望我做什么，我也有我的打算；我对这事怎样想的，我对这个时代的看法，我以后会再告诉你。至于现在，我还不想——我不得不好心好意对你说——我还不想做进一步的行动。你说过的话，我会考虑的，你还要说什么，我会认真听取再作回答，这是个重要的问题。到了那时，我高尚的朋友，我们再咀嚼这个问题吧。布鲁达宁愿做个乡下佬，不愿做个罗马的名人。看来时代却要把这艰巨的重担压在我们身上了。

卡协斯　我很高兴，我这软弱无力的言语居然点燃了布鲁达胸中的烈火。

（凯撒及随从上。）

布鲁达　比赛完了，凯撒也回来了。

卡协斯　他们走过的时候，你拉住卡斯卡的袖子，他就会尖声告诉你：今天发生了什么大事。

布鲁达　我会问他的。但是，卡协斯，你看：凯撒的眉毛蹦出了愤怒的黑点，大家都像挨了一顿骂似的，卡芙妮的脸色苍白，西瑟罗的眼睛冒火，像在元老院开会受到了挫折似的。

卡协斯　卡斯卡会告诉你出了什么事的。

凯　撒　安东尼。

安东尼　凯撒，有什么吩咐？

凯　撒　我要身边的人都是身体胖胖的，头发亮亮的，夜里睡得好好的。不要像卡协斯那样面黄肌瘦，仿佛肚皮饿得要死，心里却在捣鬼，这种人很危险。

安东尼　不必担心，凯撒。他并不危险，是个好罗马人，不会有什么坏心眼。

凯　撒　但愿他能长胖一点！我并不怕他坏：如果我

能使人怕我，我不知道除了那个瘦小阴险的卡协斯之外，还有什么应该避开的人。他阅读很博，观察也细，能够从别人的所作所为看出内心的动机。他不像你安东尼这样喜欢动，不听音乐；脸上很少露出笑容，如果要笑，那也仿佛是在嘲笑自己，怎么会为一点微不足道的小事就露出了笑容。像他这种人永远不会心安理得，因此非常危险。我要告诉你应该担心害怕的人，并不是我害怕，因为我是凯撒嘛。站到我右边来，因为我左耳听不清。老实告诉我：你对他怎么看。

（号角声起。凯撒及随从下。）

卡斯卡　你拉我的袖子，有什么话要对我说吗？

布鲁达　哎，卡斯卡，告诉我今天什么事使凯撒看起来不高兴的。

卡斯卡　怎么？你不是和他在一起吗？

布鲁达　那我就用不着问你卡斯卡出了什么事啦。

卡斯卡　有人献上王冠，他却这样用手一摆，把王冠推开了，于是群众就欢呼起来。

布鲁达　那第二次欢呼呢？

卡斯卡　也是同样的理由。

卡协斯　他们欢呼了三次，第三次是为了什么？

卡斯卡　还是为了同样的原因。

布鲁达　有人向他献了三次王冠？

卡斯卡　三次他都拒绝了，但是每次拒绝都比上一次更勉强一点，于是老实的群众就欢呼了。

卡协斯　是谁献王冠的？

卡斯卡　还不就是安东尼。

布鲁达　卡斯卡老兄，请讲讲献礼的情况好吗？

卡斯卡　献礼就像上吊，又像是开玩笑，不要太认真了——我看到马克·安东尼献上一顶王冠——其实只是一个花冠——我告诉你，他虽然推开了，其实，我觉得他是想戴的。于是安东尼再献上一次，他却再一次拒绝了。但是我看得出他的手指头舍不得离开；于是安东尼第三次献上王冠，他还是第三次拒绝了，群众就鼓起掌来，并且抛起头上汗淋淋的睡帽，发出一股难闻的气味。凯撒因为拒绝了三次，几乎要晕倒了。至于我呢，我不敢笑出声来，唯恐一张开嘴，就会吸进难闻

　　　　　的气味。
卡协斯　且慢，请问，怎么凯撒会晕倒呢？
卡斯卡　他是在市场晕倒的。口吐白沫，不言不语。
布鲁达　这很可能——他患过羊痫风。
卡协斯　不，凯撒没有跌倒，是你和我栽了跟头。老实的卡斯卡，我们都栽了跟头啦。
卡斯卡　我不知道你是什么意思，但是我敢肯定的是：凯撒跌倒了。如果瞎起哄的群众不像戏院的观众一样对演员叫好或者发出嘘声，对凯撒不是捧上了天，就是嘘得倒地，那你们可以说我是个不老实的人。
布鲁达　他跌倒后起来，又说了些什么？
卡斯卡　天啊，他看见他拒绝王冠得到了群众的欢呼，就要我解开他的内衣，露出他的胸口，要我动刀。假如我粗心听了他的话，那我就该进地狱了。幸亏他已倒下。等他清醒过来，他却说他做错了事，或者是说错了话，反正都是因为他是病人，在我站的地方有三四个女人在哭，也是表示对他同情，即使凯撒伤害了她们的母亲，她们也不会恨他的。

布鲁达　然后他就这样闷闷不乐地走了？

卡斯卡　是的。

卡协斯　西瑟罗说了什么？

卡斯卡　哎，他说的是希腊话。

卡协斯　说些什么呢？

卡斯卡　要是我说得出来，我就不会和你面谈了。不过那些听懂了的人相视而笑，并且摇摇头。对我而言，那也和希腊话一样难懂。我还能告诉你一些消息：马鲁勒和甫拉维两个护民官因为除掉了凯撒塑像上的装饰品就没有下文了。再见吧。还有好玩的事，可惜我记不清了。

卡协斯　今天能一同晚餐吗，卡斯卡？

卡斯卡　不行，我已经有约在先了。

卡协斯　那明天怎么样？

卡斯卡　好，只要我明天还活着，你又还要我一同吃晚餐，而你的晚餐值得一吃的话，我就会来。

卡协斯　那好，明天我等你。

卡斯卡　那你就等吧。二位，再见了。(下。)

布鲁达　这家伙怎么越来越不识趣了，他学习的时候倒是善于临机应变的。

卡协斯　他现在如果要实现雄心壮志的话，还是蛮机灵的。他做出拖拖拉拉的样子，其实是在掩饰他的真实意图，或者是钓钓别人的胃口，来消化他说的内容。

布鲁达　恐怕就是这样。现在我要和你分手了。如果明天你愿意和我谈，我可以到你家里来；如果你愿意来我家，那我就在家里等你。

卡协斯　那我来你家吧。希望不要忘了这个世界。

(布鲁达下。)

好个布鲁达！你是个高等人物，但是高等人物并不一定不会走上歪路，因此高等人总要和高等人在一起。谁能坚强得不受诱惑呢？凯撒对我不好，但是他对布鲁达很好。假如我是布鲁达而布鲁达是我，他能不能改变我呢？我今夜要用不同的书法写几封信，投到他的窗前，冒充是不同的群众来信，告诉他大家对他的期望，罗马对他的重视——信里要隐约看得出凯撒的野心。

  然后让凯撒坐稳位子吧！

  我们可要动摇他的天下。

第 一 幕

第三场

罗马街上

（雷电交加。卡斯卡佩剑出鞘从一方上,西瑟罗从另一方上。）

西瑟罗　晚上好,卡斯卡,你送凯撒回去了吗?为什么还在喘气呢?为什么这样瞪着眼睛?

卡斯卡　整个地球都摇摇欲坠,你能不动摇吗?西瑟罗,我看见过狂风暴雨,愤怒的大风吹折了盘根错节的老橡树,汹涌奔腾的海浪直冲乌云翻滚的天空,但是在今夜以前,我还没有见过这样喷雷吐火的风暴。是不是天上也起了一场混战,或者是大地得罪了神明,引起了天神的怒火,要烧掉这个世界?

西瑟罗　怎么，难道你看见了比这还更恐怖的奇迹？

卡斯卡　一个普普通通的奴才——你一眼就可以看得出来——高举着像二十个火炬在燃烧的左臂，但他并不感到烈火燃烧的伤痛。再说——我到现在还没有把拔出的宝剑放进剑鞘——我在圣殿看到一头狮子。它对我圆睁怒目、满怀恶意地走了过去，却没有使我担惊受怕。还有一堆吓得魂不附体的女人赌咒发誓，说她们看见浑身是血的男人在街上走来走去。昨天，猫头鹰居然在大白天出现在市场上，发出尖声怪叫。在这些凶兆怪事同时发生的时候，恐怕不能说这是自然现象，理所当然，不足为奇吧。我看这些征兆不祥，预示着意外的事件就要发生。

西瑟罗　的确，这是一个预料不到的时代，人们可以按照自己主观的意思去解释事态的发展，但是并不见得符合客观规律。凯撒明天会来元老院吗？

卡斯卡　会来，他已经带话给安东尼，要他转告你：他明天会来。

西瑟罗　那就再见吧。卡斯卡,天气不好,不宜外出。

卡斯卡　再会,西瑟罗。

　　　　(西瑟罗下。卡协斯上。)

卡协斯　那是谁呀?

卡斯卡　一个罗马人。

卡协斯　卡斯卡,一听声音就知道是你。

卡斯卡　你的耳朵真灵,卡协斯。今夜怎么样?

卡协斯　对没做坏事的人,这是个讨人喜欢的夜晚。

卡斯卡　谁见过这样吓人的天气?

卡协斯　世上有过这么多坏事。至于我呢,我满街走也不用担惊受怕。我敞开胸脯,像你看到的这样,也不怕雷鸣电击,不必担心电光交叉会划破天空的胸膛。我照常仰面迎头而上。

卡斯卡　你怎能这样大胆,不怕得罪上天?在无所不能的天神面前,人应该安分守己,战战兢兢,不妄自非为。

卡协斯　你太胆小怕事,卡斯卡,缺少罗马人心中燃烧的火焰,你看起来面色苍白,胆战心惊,看见上天的凶兆异迹,就吓得目瞪口呆,无所作为;如果你敢寻根问底,就会发现这些诡异行踪、烈火毒焰、奇鸟异兽、形形色色，无论如何钩心斗角、变化多端、多么惊人，其实都是上天对人的警告。

现在，卡斯卡，我要向你提出一个比黑夜更可怕的鼎鼎大名，他的雷电能劈开千年古墓，他的怒吼能吓退圣殿前的雄狮。这个人的力量其实并不比你我更大，但是他个人的所作所为却产生了令人惊讶的奇迹，有如千奇百怪的火山爆发。

卡斯卡　你说的是凯撒，对不对，卡协斯？

卡协斯　不管我说的是谁，罗马人的皮肉筋骨不还是和古罗马人的一样吗？但不幸的是，我们父辈的阳刚之气已经衰竭，而母辈的柔顺性情却继续弥漫人心，我们在枷锁下怡然自得，已经表明我们是阴盛阳衰了。

卡斯卡　的确，听说元老院明天要立凯撒为王了，除了意大利之外，海上陆上，都是他统治的领地。

卡协斯　那么，我知道这把尖刀要用在什么地方了。卡协斯要用尖刀把自己从奴役下解救出来——只有这种解救的办法，天神啊，可以使弱者变成强者；只有用这种办法，天神啊，可以战胜专制的暴君。——不管高楼石塔，铜墙铁壁，暗无天日的地牢，坚不可摧的监狱锁链，都不能扼杀精神自由的力量。生命已经厌倦了世界和时代强加于人身的枷锁，不会没有力量解救自己。只要我知道了这一点，让全世界也知道吧：我能够处理我不能忍受的专制暴政。

（雷声轰隆。）

卡斯卡　这点我也能够做到：每一个奴隶都可以用自己的双手摆脱专制暴君强加在身上的枷锁。

卡协斯　那凯撒怎么成了一个暴君呢？可怜人！如果罗马人不是驯服的羊群，他是不会变成一条狼的；罗马人都成了雌鹿，他就变成雄狮了。熊熊的烈火不先点燃一大堆软弱的稻草是烧不起来的。罗马是一堆枯枝烂叶、垃圾废料。但是燃烧起来却可以变废为宝，使平凡的凯撒发出万丈光芒。啊，真糟糕！你惹得我胡言乱语，对一个心甘情愿做奴才的人说出什么话来了！不过这不要紧，我已经准备好了，任凭千难万险，我也可以应付一下。

卡斯卡 你是在和卡斯卡说话，一个说一不二、不会说三道四的人。不用多说了，让我们同心协力，对付困难吧。只要你前进一步，我绝不会落后的。

卡协斯 那就一言为定了。现在，卡斯卡，你要知道，我说动了一些雄心勃勃的罗马人去干一番光荣而危险的大事，他们已经在庞贝柱廊准备行动，在这风狂雨暴、路无行人的时刻，着手进行我们如火如荼、血光灿烂的行动了。

（辛那上。）

卡斯卡 我们回避一下吧，有人匆匆忙忙走来了。

卡协斯 那是辛那，从他走路的样子就看得出来。他是自己人。辛那，你这样急急忙忙到哪里去？

辛　那 就是来找你呀。

卡斯卡 这一位是谁？是莫特勒·星波吗？

卡协斯 不是，他是辛那，也是和我们共商大计的。

你们不是在等我吗，辛那？

辛　　那　很高兴见到你。今夜天气多可怕啊！我们有两个人都看到怪事了。

卡协斯　你们不是在等我吗？说呀。

辛　　那　是的，是在等你。啊，卡协斯，如果你能说得布鲁达也屈尊参加我们的大事——

卡协斯　放心吧，好辛那，（把信给他。）你把这封信放到元老院布鲁达的位子上，他就会看到的。再把这一封投入他的窗户，还把这封蜡印封口的信放在布鲁达的塑像上。送完了就回到庞贝柱廊来找我们。德夏斯·布鲁达和特邦涅来了吗？

辛　　那　除了莫特勒·星波到你家去找你之外，别的人都到齐了。那好，我要走了，要把你说的这几封信都送到呀。

卡协斯　送完信就回庞贝剧院来。（辛那下。）

卡斯卡，来吧。我们要在天亮前去布鲁达家。他多半是支持我们的，再见一面，就会完全是我们的人了。

卡斯卡　他在人民心目中地位很高，可以点铁成金。他一点头，反对我们的意见就会烟消云散了。

卡协斯　你估计得不错。他这个人，还有他的身价，是我们最需要的。我们去吧。现在已经过夜半了，我们要像唤醒黎明一样去把他唤醒。

（众下。）

第 二 幕

第一场

布鲁达家花园

（布鲁达上,进入花园。）

布鲁达　什么时候了？路协斯,快来！——从天上星象的变化,我看不出还要多久才会天亮。——路协斯,听见没有？——假如我能像他这样蒙头大睡,那倒不错。——什么时候了？醒一醒,我叫你呢,怎么了,路协斯？

（路协斯上。）

路协斯　老爷叫我？

布鲁达　快到书房去拿蜡烛,点着了蜡烛再来。

路协斯　知道了,老爷。

布鲁达　看来非得他死不可,虽然我和他并没有个人恩怨,但是为了大家的安危,必须置他于死地而后快,我就不得不如此了。他要戴上王冠,这会改变他的地位,而这是问题所在。毒蛇在光天化日之下出现,我们行动必须小心:无论如何,不能让他戴上王冠,我认为那等于在蛇身上加装毒牙,使他更危险了。一个伟大的人物不应该运用他的权力而不严格要求自己。说心里话,我还没见过凯撒感情用事,超出了理智的范围。但是一般说来,雄心大志在开始向上爬的时候,是不会看得太高太远的。但等他登上了顶峰,他就会转过身来仰望天空的云彩,而忘了他一步一步往上爬时留在下面的大众了。凯撒可能就是这样,因此,不能让他登上顶峰,那就需要防患于未然了。虽然现在看来,他还没有露出他的本色,但是可以这样设想:等到他的权力与日俱增的时候,他就会不受拘束,走向极端了。因此,我们只能把他当作一个蛇蛋,一旦成了毒蛇,那就要为非作歹、祸国殃民了。所以一定要先下手，让他在蛋壳中就消失吧。

（路协斯上。）

路协斯　书房的蜡烛已经点着了。我在窗前找火石的时候，看到了这封蜡印密封的信，在我睡前还没有看见呢。

（把信交给布鲁达。）

布鲁达　你还去睡觉吧，现在天还不亮呢。路协斯，明天是不是三月节？

路协斯　老爷，我不知道。

布鲁达　那你去看看日历，再来告诉我。

路协斯　那我去了就来。（下。）

布鲁达　预兆不祥的星光在天上闪闪发亮，照得信上的字都认得出了。

（拆开信封，取出信纸，读信。）

"布鲁达：你在睡觉吗？醒过来吧，看你自己，难道要罗马——说呀，打呀，站出来呀。"——"布鲁达，你在睡觉吗？醒过来吧。"这些煽动人心的文字我捡起来读了多少。"难道要罗马——"这还要我来填空补缺：难道要罗马在一个人的统治下？这是说哪一个罗马？我的祖先曾把称王的塔金赶出罗马街头。"说呀，打呀，站出来呀。"他们要我去说去打？啊，罗马，我答应你会站出来，只要你提出要求，布鲁达一定会做到。

（路协斯上。）

路协斯　老爷，三月已经过到十五日了。

（敲门声）

布鲁达　那好，有人敲门，去开门吧。

（路协斯下。）

自从卡协斯鼓动我，我就睡不着觉。在精心策划和第一次行动之间，真像在幻想或噩梦中一样。心灵和身体的器官正在协商，人的情况也像一个发生了内乱的小国。

（路协斯上。）

路协斯　老爷，在门口的是您的兄弟卡协斯，他要见您。

布鲁达　就他一个人吗？

路协斯　不止一个，老爷，有好几个人和他在一起。

布鲁达　你认得出他们是谁吗？

路协斯　认不出，老爷。他们的帽子遮到了耳朵，下半边脸又给衣领遮住了，我没办法认出他们是谁，看不出他们的面貌。

布鲁达　让他们进来吧。

（路协斯下。）

他们就是反对派。啊，反对称王的那一伙人，即使在这暗无天日的黑夜，他们也不敢露出真面目，在这罪恶横行的时间尚且如此，那到了白天，哪里找得到一个阴暗的角落来掩盖你们的面貌呢？其实不用找了，阴谋诡计只要露出亲热的笑容就可以蒙混过关。如果你不弄虚作假，露出了本来的色相，那即使阴曹地府的昏天黑地要隐瞒也无能为力了。

（凯撒的反对派卡协斯、卡斯卡、德夏斯、辛那、莫特勒、特邦涅上。）

卡协斯　我怕我们来得不是时候，早上好，布鲁达，我们打扰了你的休息吧。

布鲁达　我还没有休息，一夜都没睡呢。和你同来的人我都认识吗？

卡协斯	对,每个人你都认识,没有一个不把你看得心比天高的,并且希望你自己也有不下于高贵的罗马人对你的看法。这一位是特邦涅。
布鲁达	欢迎他到这里来。
卡协斯	这一位是德夏斯·布鲁达。
布鲁达	也欢迎他来。
卡协斯	这是卡斯卡,这是辛那,这是莫特勒·星波。
布鲁达	大家来都欢迎,不过,有什么重要的事情使你们的眼睛在这样深深的黑夜里都不能安眠呢?
卡协斯	我能和你说一句私话吗?

(二人低声谈话。)

德夏斯	这里是东方,太阳不是从这里升起来的吗?
卡斯卡	不是。
辛 那	啊,对不起,老兄,是从这里升起的。你没看见远方云彩吐出的灰色霞光就是黎明的使者吗?
卡斯卡	你们得承认:你们两个都搞错了;这里,我用宝剑所指的方向,才是太阳升起的地方。那是远在南边的。考虑到现在是初春季节,

太阳大约还要走两个月才能高高挂在北方，吐出它光芒万丈的火焰，那才是真正的东方，就是我们的圣殿现在所占的位置。就在这里。

布鲁达　（与卡协斯走向前台）让我们一——握手吧！

卡协斯　让我们发誓表达我们的决心。

布鲁达　不，不用发誓，如果我们心灵遭受的痛苦和时代的灾难没有表露在我们的脸孔上，如果我们内心的动力还软弱不可靠，那还不如趁早解散，每人回到床上去睡懒觉吧。那就让野心勃勃的专制暴君为所欲为，让每个人都听从命运的安排好了。但是如果这些人——我敢肯定他们是这样的——他们怒火奔腾会燃起懦夫心中的勇气，会熔化妇女软弱的心灵吐出的炽热精力，那时，男女同胞用不着外来的激励，我们事业本身的伟大动力就可以鼓舞我们勇往直前，我们忠实可靠的罗马人还需要什么外来的刺激，还会犹疑不决吗？什么誓言比得上心心相印的呼声，比"不成功，宁可死"更有力呢？只有神甫、

  胆小鬼，谨小慎微、腐朽不堪、苦难太重、做了坏事怕报应的人才会赌咒发誓啊。不要玷污了我们为正义的事业一往无前的精神，不要以为我们的所作所为还需要誓言咒语来助威。每个高贵的罗马人身上的每一滴血都不会违背他心里要说的每一句话，反悔他许下的任何诺言。

卡协斯　那么西瑟罗呢？要不要试探一下？我想他若站在我们一边，会是个有力的人物。

卡斯卡　那可不能把他漏掉。

辛　那　不能，怎么也不能。

莫特勒　啊，我们需要他站在我们这一边，他满头的银发就可以赢得选民的好感，使他们赞成我们的行动，说是他动脑子我们动手。我们年轻气盛也不会显得毫无拘束，他的老成持重就可以纠正我们过头或不及的行动了。

布鲁达　不要提他了。我们不能和他谈这件事，因为别人开头做的事，他是不肯跟在后面走的。

卡协斯　那就把他搁在一边吧。

卡斯卡　那么，他是不太合适。

德夏斯　除了凯撒以外，别人都不要伤害吗？

卡协斯　德夏斯，你问得好。——我认为马克·安东尼是凯撒的亲密助手，他若留在世上，就会是个后患。他是很会想方设法的，我们碰到他可是个精明能干的对手，要是他想要花招，改头换面来对付我们，那要避免麻烦，只好让安东尼和凯撒同归于尽了。

布鲁达　这看起来会是条血腥的道路。卡亚·卡协斯，砍了头不必再切断手脚，人死了何必还记恨呢？——安东尼不过是凯撒的左右手，我们只是为了祭神才杀牛宰羊，并不是爱动屠刀。辛那，我们反对的是凯撒的专制，并不是他的肉体，但可惜的是，肉体不能不因此而流血，虽然改造精神病不一定要人送命。朋友们，让我们把肉体当作敬神的祭品，而不是当猎狗的食物吧，这就可以使人事前动怒，事后却又反悔。这可以使我们的行动显得是客观的需要，而不是一般人看来的强加于人；我们是在清洗，不是杀害。至于马克·安东尼，那不必放在心上，因为他不过是凯撒的左右手而已。没有头脑,双手又能有什么用呢?
卡协斯　不过对他,我还是害怕,因为他对凯撒的深情已经使人把对凯撒的感情转移到他身上了。
布鲁达　唉,卡协斯,不要想他了。如果他真爱凯撒,他能做的也不过是陷入沉思,或为凯撒而死。不过,这也不容易做到,因为他太喜欢呼朋唤友、吃喝玩乐了。
特邦涅　这点不必为他担心。即使他不死,将来回想起来,他也只会一笑了之的。

(钟声响起。)

布鲁达　静一静,听听钟敲几下了!
卡协斯　钟敲了三下。
特邦涅　是不是该走了?
卡协斯　还不知道凯撒今天会不会来呢,因为他近来变得有点迷信了。和他过去对奇思幻想的看法有所不同,今夜这些明显的怪事,占卦人对星象的解释都可能使他今天不来圣殿。
德夏斯　不必担心。如果他决定不来,我也有办法让他上钩，就像犀牛撞树让犀牛角给枝丫卡住，熊照镜子自我观赏，大象的鼻子钻进洞里，狮子落入陷阱一样进来容易出去难。人一听到吹捧就会得意忘形。我只消对他说说他不喜欢吹牛拍马，他就会连声说是，不知道自己已经给捧得忘乎所以，上当而没学聪明了。等我来对付他。我会顺着他的脾气引他上钩，让他到圣殿来的。

卡协斯　不，我们要大家都去接他。

布鲁达　八点钟去，不能再晚了。

辛　那　就八点吧，不要误事。

莫特勒　卡厄·利加略说过庞贝的好话，他也和凯撒过不去，你们怎么没想到找他？

布鲁达　啊，好个莫特勒，你去要他来，他对我很好，我会说服他，要他来吧。我要给他一个榜样。

卡协斯　清晨已经来到，我们要离开了，布鲁达。——朋友们，分头行动吧。不要忘了你们自己要说的话，要表现出你们是真正的罗马人。

布鲁达　好朋友，高兴吧，爽快吧，不要把我们的心事显露在脸上，要像我们罗马戏院里的人一样表现得不知疲倦。那么，我们明天再见吧。

（众下。布鲁达留台上。）

喂，路协斯，又睡着了？这不要紧，尽量享受你朝露般的美梦吧。你不必想象会有什么情况使你脑子不是思前就是顾后，因此，你才睡得这么香啊。

（玻西娅上。）

玻西娅　布鲁达，我的夫君。

布鲁达　玻西娅，你有什么事吗？为什么起得这么早？你身体不好，这样冷的天气你不爱惜身体，那会生病的。

玻西娅　对你不也是一样吗？你怎么这样不体惜自己，布鲁达？你昨夜偷偷地起床，晚餐时忽然站起来，走来走去，心事重重，叹息连连，两臂交叉，我问你出了什么事，你只瞪着眼睛，不客气地瞧着我，我再催问，你就抓头，不耐烦地顿脚；我还坚持要问，你不回答，生气地摇摇手，要我离开，我就走了，怕你不耐烦。你显得这样暴躁，我希望你只是发发脾气，那是每个人都有的事，但是气一消也就算了，不会要你不吃不睡，也不说话，甚至影响了身体。你的确有过这种情况，使我几乎要不认得你了。我亲爱的夫君，告诉我你为什么变得这样了吧。

布鲁达　我身体不舒服，就是这样。

玻西娅　布鲁达是聪明人，要是身子不舒服，他会有法子对付的。

布鲁达　当然啰，我会对付的。好玻西娅，你去睡吧。

玻西娅　布鲁达是不是病了？是不是走路没扣衣服，吸进了清晨的冷气湿气？怎么？怎么布鲁达是真病了吗？那他怎么会离开他温暖的卧床，不怕深夜侵袭的凉气会加重他的病情？不是这样的，我的布鲁达，你的病在心里，处在我的地位，难道我没有权寻根问底吗？难道要我跪下，用我当年使你倾倒的美色，用我们结合为一的爱情誓言来求你敞开你的内心，露出你真正的自我、我的另一半吗？——你为什么心情这样沉重？昨夜来了六七个什么人？他们为什么在黑暗中也不露出脸孔？

布鲁达　不要跪下，温存体贴的玻西娅。

玻西娅　我的确不用跪下，如果你温存体贴地告诉我，布鲁达，婚约中有没有说：我不该知道你内心的秘密？我是不是你不可缺少的半个人，或者只是可有可无的一部分？只是和你同吃同睡，有时和你谈话，给你安慰的人？是不是要你高兴我才能进入你心灵的郊区？如果只是这样的话，那玻西娅不过是布鲁达的卖笑女，而不是他的妻子了。

布鲁达　你是我名副其实的妻子，对我亲密得就像心头流通的鲜血一样。

玻西娅　要是那样的话，那就让我知道你内心的秘密。我承认我只是个女人，但到底是布鲁达大人名副其实的夫人，是卡托的女儿，有这样的父亲和这样的丈夫，难道你认为我能等同一般的女人吗？告诉我你的看法，我不会对人说的，我已经经过考验，证明我是靠得住的。不信的话，你可以在我大腿上留下一

　　　　　个伤口，看我能不能经受得住，那就可以知道我能不能保守我丈夫的秘密了。

布鲁达　啊，天呀，让我配得上我的贤妻吧！听，有人敲门。玻西娅，你进去一下，我会慢慢和你分享我内心秘密的，告诉你我要做什么事，我皱紧眉头是什么意思。现在，你快进去吧。

　　　　（玻西娅下。）

　　　　路协斯，谁在敲门？

　　　　（路协斯和戴病人头巾的利加略上。）

路协斯　来了一个病人，他要和您谈话。

布鲁达　卡厄·利加略，莫特勒刚才还谈到你呢。——路协斯，你下去。——卡厄·利加略，怎么样？

利加略　请让我用病弱的声音问你早上好。

布鲁达　怎么选了这个时间，卡厄，来戴上病人的头巾？

利加略　只要布鲁达手头有使命要完成，我就没有病了。

布鲁达　只要你耳朵听得见，我手头就有重要的使命。

利加略　罗马人礼拜的天神在上,我把病体开销了。罗马的灵魂传给勇敢的子孙,你的法力驱逐了霸占我肉体的病魔,一声令下,我可以干出不可能的事情,并且取得胜利。说吧。

布鲁达　一件会使病人复苏的大事。

利加略　不是也会转换安危的大事吗?

布鲁达　事关安危,我们要去干什么,卡厄,你就会知道的。

利加略　动身吧,我心如烈火,不管要做什么,只要布鲁达带头,我就决不落后。

布鲁达　那就跟我来吧。

（众下。）

第 二 幕

第二场

罗马凯撒家中

（雷鸣电闪，凯撒着寝装上。）

凯　撒　今夜天地都不安宁：卡芙妮三次在梦中呼救，说有人要谋害凯撒。那里是谁？

（一仆人上。）

仆　人　大人叫我？

凯　撒　去要祭司准备祭品，并问他们祭祀吉凶如何。

仆　人　是，大人。（下。）

（卡芙妮上。）

卡芙妮　凯撒，你要做什么？要出去吗？今天你可不能离家。

凯　撒　凯撒怎能不出去呢？威胁我的事只能背着我

　　　　　干，我一露面，威胁也就烟消云散了。
卡芙妮　凯撒，我从来不相信吉凶的预言，不过今天的凶兆实在惊人。家里就有一件，除了我们听到的、看到的，还有巡夜人亲眼目睹的一头母狮子在街上生产。坟墓张开了口，吐出死人；凶猛的战士成群结队在云端格斗，淋漓的鲜血滴在高高的圣殿上；杀声震天，战马嘶鸣，伤亡惨重，街上鬼哭神嚎。啊，凯撒，这太不寻常了，我怕预兆不吉。
凯　撒　结局都是天意，人力哪能挽回？凯撒怎能不去面对？预兆不是警告凯撒一个人，而是指向全世界的。
卡芙妮　乞丐死了，天上不会有彗星陨落；只有君王离世，天公才会流下泪珠。
凯　撒　懦夫还没有死，心却先死过多次了，勇士一生只有一次死亡。人的一生千奇百怪，最怪的是：死亡本是人生常理，人却贪生怕死。既然死亡不可避免，那要来就让它来吧。
　　　　（仆人上。）
　　　　祭司怎么说的？

仆　人　他们要您今天不要出去,因为他们把祭品开膛破肚的时候,却找不到心在哪里了。

凯　撒　天意是在责备懦夫。凯撒如果胆怯待在家中,不去行动,那岂不成了无心的懦夫?不,那就不是凯撒。危险也知道凯撒比它更大胆,我们是两头同胎生的雄狮。我先落地,所以也比危险更可怕。凯撒怎能不出外行动呢?

卡芙妮　唉,夫君,你的智慧怎么败给你的自信了?今天不要出去,这就算是我心里害怕,我要把你留在家中,而不是你自愿的。我们可以要马克·安东尼到元老院去说你今天不舒服。让我跪下来求求你吧。

凯　撒　那就让马克·安东尼去说我不舒服好了。为了你的缘故,我只好待在家里。

(德夏斯上。)

德夏斯·布鲁达来了,他可以替我去元老院说。

德夏斯　凯撒,大家问你好。早上好,亲爱的凯撒,我来接你去元老院。

凯　撒　你来得正是时候，去给我向元老们问好吧，告诉他们我今天不去了。说不能去是假的，说不敢去那就更假了；我今天不想去。就这么对他们说，德夏斯。

卡芙妮　说他病了。

凯　撒　你要凯撒说谎吗？我南征北战，左冲右杀，难道还不敢对白发苍苍的元老说实话？德夏斯，去告诉他们：凯撒不想去。

德夏斯　所向无敌的凯撒，让我知道原因吧，要我这样去说，不怕传为笑话吗？

凯　撒　原因就是我不想去，对元老们说我不想去，那就够了。但是因为我们要好，为了满足你个人的要求，我可以告诉你：是我的夫人卡芙妮要我留在家里的。她昨夜梦见我的雕像千疮百孔，鲜血淋漓，而好些嗜血成性的罗马人却有说有笑，在血中洗手呢。她认为这是警告，预兆不祥，眼前就有祸事，所以她跪下来求我今天要待在家里，不出去了。

德夏斯　这样解梦完全错了。这个好梦是大吉大利的好兆头：你的雕像鲜血淋漓流出血管，表示你的精力旺盛，是伟大的罗马用之不尽、取之不竭的丰富泉源，罗马人只要取得一星半点，就可以建功立业，受用不尽，这才是卡芙妮美梦的正确解释呢。

凯　撒　你这样说得不错。

德夏斯　我没说错，你还没听完呢；我现在要告诉你：元老院决定今天要给伟大的凯撒献上王冠。如果你要我带话说今天不去了，他们不会改变主意吗？再说，如果有人提议元老院休会，等凯撒夫人做了好梦再重新召开，那不成了大笑话吗？如果凯撒藏身家中，难道不会有人窃窃私语说："瞧，凯撒害怕了"？对不起，凯撒，因为我对你有深情厚谊，所以说了这一番真心话，相信我的感情吧！

凯　撒　现在看来，卡芙妮，你的担心是可笑的。我居然信了你的话，现在想起来都难为情。拿我的礼服来，我要去元老院了。

（布鲁达、利加略、莫特勒、卡斯卡、特邦涅、辛那、坡比亚上。）

瞧，坡比亚也来接我了。

坡比亚　早上好,凯撒。

凯　撒　欢迎,坡比亚。怎么,布鲁达,你也这么早就来了?早上好,卡斯卡。卡厄·利加略,你怎么病得这样瘦了,这可不能怪凯撒和你作对啊。现在几点了?

布鲁达　凯撒,钟敲了八下。

凯　撒　谢谢你不怕劳累,还这么客气。

（安东尼上。）

瞧,通宵作乐的安东尼也来了。你早,安东尼。

安东尼　早上好,至高无上的凯撒。

凯　撒　（对卡芙妮）要好好招待他们一下。

（卡芙妮下。）

我让你们久等了。对不起,辛那;对不起,莫特勒;怎么,特邦涅,我等着和你谈一个钟头呢,让你记住今天来看过我;站过来一点。我好记住你的模样。

特邦涅　凯撒,我很高兴——我会站得离你这么近,使你最亲近的朋友都希望我站远一点。

凯　撒　好朋友,请进来吧,尝尝我的酒味如何,然后，我们这伙好朋友就一起到元老院去。

布鲁达　（旁白）外表相像，内心可不一样，我心里想什么，并不会放在桌面上。

（同下。）

第二幕

第三场

罗马圣殿附近街道

（亚登密手拿信纸上。）

亚登密 （读信。）"凯撒：对布鲁达要小心，要提防卡协斯，不要接近卡斯卡，对辛那要留神。不要相信特邦涅。注意莫特勒·星波、德夏斯·布鲁达并不喜欢你。你得罪了卡厄·利加略。这些人一心一意要反对凯撒。你没有不死之身，就要注意安全，不要让阴谋得逞，愿万能的天神保佑你！爱你的亚登密。"我要站在这里等凯撒来，请愿似的把信给他。我的心里难受，看不惯张牙舞爪的人争权夺位。凯撒啊，如果你相信我的话，就可以延长寿命，成为国之干城，不让谋反的人得逞！（下。）

第 二 幕

第四场

布鲁达家附近街道

（玻西娅及路协斯上。）

玻西娅　孩子，我要你赶快到元老院去，不要待在这里等我吩咐，快去吧！怎么还不走呀？

路协斯　夫人，我在等你告诉我去做什么事呢。

玻西娅　我只要你去了元老院就回来。但我也说不出要你去做什么。啊，要有心有力，怎么我的心和舌头之间有一座大山似的！我有男人的心，却只有女人的力。要一个人保住秘密多难啊！——你怎么还没有去？

路协斯　你要我去做什么呀？就只是到元老院去，没有什么事情？然后回来见你，也没有什么事？

玻西娅　是的，孩子，回来告诉我：大人看起来怎么样？他走的时候有病，你要注意他做了什么，什么人推前拥后向他请愿？——听！孩子，那是什么吵闹声？

路协斯　我没听见什么声音。

玻西娅　你再听听，我怎么听见争吵声？是风从元老院那边吹过来的。

路协斯　的确，夫人，我一点也没听到。

（预卜者上。）

玻西娅　过来，老兄，你是从哪里来的？

预卜者　从家里出来的，夫人。

玻西娅　现在几点了？

预卜者　大约九点吧，夫人。

玻西娅　凯撒到了元老院吧？

预卜者　夫人，还没有到，我正在找个站的空地看凯撒到元老院去呢。

玻西娅　你要向凯撒请愿吗？

预卜者　是的，夫人，但愿凯撒能听我的话。我要劝他好好保护自己。

玻西娅　难道有人要害他吗?

预卜者　我不知道,只是担心。再见吧,这条街太窄,跟着凯撒的人又多,有元老,有大官,有请愿的,会把瘦个子挤个半死。我要找个空旷的地方等伟大的凯撒来,好对他说话。

(下。)

玻西娅　我要回去了,女人的心真软弱。——啊,布鲁达,老天保佑你快成功吧。——肯定这孩子听见我了。——布鲁达的要求,恐怕凯撒不会答应。——啊,我吃不消了。——快去,路协斯,告诉大人我很高兴,立刻回来告诉我他对你说了什么。

(各下。)

第 三 幕

第一场

罗马元老院前街道及院内

（号角声中，凯撒、布鲁达、卡协斯、卡斯卡、德夏斯、莫特勒、特邦涅、辛那、安东尼、雷必达、亚登密、坡比亚、预卜者等上。）

凯　撒　（对预卜者）三月节到了。

预卜者　对，凯撒，但是还没过完。

亚登密　凯撒好！请看看这张表。

德夏斯　特邦涅希望你——如果方便的话——可否先看他小小的请求？

亚登密　啊，凯撒，请先看我的吧，因为这和凯撒的切身利害有关。伟大的凯撒，请先看我

凯　撒	和我个人有关的等一等再看吧。
亚登密	可不能等,凯撒,请你立刻就看。
凯　撒	怎么,这家伙疯了?
坡比亚	(对亚登密)老兄,等一等吧。
卡协斯	怎么在街上请愿了?到元老院去。

(凯撒等人继续前行。)

坡比亚	(对卡协斯)希望今天的大事顺利。
卡协斯	什么大事呀,坡比亚?
坡比亚	再见。(走向凯撒。)
布鲁达	坡比亚·勒那说了什么?
卡协斯	他希望我们今天大事顺利,我怕是走漏风声了。
布鲁达	看他怎样接近凯撒,要注意他。
卡协斯	卡斯卡,要突然袭击,怕他有防备。布鲁达,怎么办?如果事情泄露了,卡协斯和凯撒一定不能并存,我会自杀。
布鲁达	卡协斯,要稳住!坡比亚·勒那不会泄密,你看他在笑呢,凯撒也没有变脸。
卡协斯	特邦涅知道下手的时间。你看,他把马

克·安东尼拉走了,免得他碍事呢。

（安东尼及特邦涅下。）

德夏斯　莫特勒·星波呢?让他快去向凯撒提出请求。

布鲁达　已经叫到他了。我们也过去帮他说话。

辛　那　卡斯卡,你是第一个举手的。

凯　撒　我们都准备好了吗?现在,还有什么要补充的?要凯撒和他的元老院修正吗?

莫特勒　至高无上、权力无限、强大无比的凯撒,莫特勒·星波在你面前掏出心来——（跪下。）

凯　撒　星波,我劝你不必如此奴颜婢膝地求情,这些话也许可以打动一时糊涂的常人,但是怎么能把堂堂的法令当作儿戏?不要以为凯撒会有反常的心情,会被转弯抹角的甜言蜜语、摇尾乞怜的姿态所迷惑,使真人的品格在迷雾中冰消雪融啊。

根据法令,你的兄弟要驱逐出境,如果你要挡路为他说情,那我就只好把你当作拦路石一样踢开了。你要知道,凯撒是不会无缘无故冤枉好人的,否则,他怎么能心安理得呢?

莫特勒　难道这里就没有人说句公道话，来打动独一无二的伟大凯撒的铁石心肠，免得把我兄弟驱逐出境吗？

布鲁达　凯撒，让我亲切地吻吻你的手。但这并不是巴结讨好，而是希望你能宽大为怀，立刻恢复比必亚·星波的自由吧。

凯　撒　你说什么，布鲁达？

卡协斯　对不起，凯撒；凯撒，对不起。卡协斯也要跪倒在你脚下，（跪下。）求你放过比必亚·星波，不要把他驱逐出境吧。

凯　撒　假如我和你一样，那我也会被说服的；假如请求对我有说服力，那我也会请求别人的。但是我像北斗星一样，天下没有人能动摇我。天上有无数星斗光辉灿烂，但不动摇的只有北斗；世上有血有肉的人成千上万，但是心如北斗的只有凯撒。即使在这件小事上，你们也可以看得出来：星波一定要驱逐出境，这是不能讨价还价的。

辛　那　啊，凯撒——

凯　撒　去吧，难道你还要力拔奥林匹斯山吗？

德夏斯 （跪下。）伟大的凯撒——

凯　撒 怎么布鲁达就不像你们一样下跪呢?

卡斯卡 那我就只好用手来代替了。

（他们刺杀凯撒，卡斯卡、布鲁达先后动手。）

凯　撒 你吗，布鲁达? 那凯撒就倒了!（死。）

辛　那 自由了! 得救了! 独夫死了! 快去宣布，快去街上宣布，要大家都知道!

卡协斯 去讲台上宣布:"自由了，得救了，解放了!"

（在一片混乱中，群众退场。反凯撒党人及比必亚留场上。）

布鲁达 罗马人，元老们，不要惊慌，不要乱跑，请大家安静，野心家欠的债已经清算了。

卡斯卡 布鲁达，到讲台上去。

德夏斯 卡协斯也去。

布鲁达 比必亚在哪里?

辛　那 在这里，给一片混乱吓昏了。

莫特勒 站到一起来，万一碰到凯撒的同党——

布鲁达 不要站那一边，比必亚，高兴起来吧，不会加害于你了，罗马人更不用怕。比必亚，就这样去告诉他们吧!

卡协斯　比必亚，离开我们吧，怕群众冲向我们的时候，撞了你这样年纪的人就不好了。

布鲁达　去吧。我们敢做敢当，不会牵连无关的人。

（特邦涅上。）

卡协斯　安东尼呢？

特邦涅　莫名其妙跑回家去了。男女老少都瞪着眼睛，高声大叫，东奔西走，仿佛到了世界末日一样。

布鲁达　命运啊，我们只能随你摆布了。大家都知道：人总难免一死，只是时间早晚的问题，人活着不过是延长时间而已。

卡斯卡　当然啰，减少了二十年生命，也就减少了二十年对死亡的恐惧。

布鲁达　这样说来，死亡倒是大有好处的了。我们缩短了凯撒对死亡的恐惧，不是成了他的好朋友吗？罗马人，弯下腰来，卷起袖子，把我们的双手浸入凯撒的鲜血中吧！

（把双手和武器都浸入凯撒流下的鲜血中。）

用他的污血来洗净我们的宝剑。然后一直跑到市场中心去，挥舞我们血淋淋的武器，高声欢呼:"和平,自由,解放!"

卡协斯　那就弯下腰来洗手吧!从今以后,多少新生的时代会踏着我们高尚的脚印前进,多少新建的国家会用前所未有的语言来欢呼胜利!

布鲁达　凯撒的鲜血已经混入了庞贝像座下的尘土,但是他流血的事迹还会上演多少遍呢!

卡协斯　只要大家还欢呼我们给国家争得了自由的胜利,凯撒的悲剧就值得一再上演。

德夏斯　怎么,是不是该去了?

卡协斯　当然,大家都去,布鲁达带头,我们随后,带着罗马的勇气和良心。

（一仆人上。）

布鲁达　等一等,谁来了?是安东尼的人。

仆　人　(跪下。)布鲁达,我的主子要我跪下,马克·安东尼要我跪着禀告。他说布鲁达高尚明智,英勇正直,而凯撒却是有权有势,忠诚爱民。他现在爱布鲁达,敬布鲁达;过去是怕凯撒,也是敬他爱他。如果布鲁达能保证安东尼安全来访,了解凯撒如何罪有应得,马克·安东尼将放弃已故的凯撒,追随健在的布鲁达，并且真心诚意地和他同甘共苦。这就是我主子安东尼要我说的话。

布鲁达　你的主子是一个聪明勇敢的罗马人，他是一贯如此。请你告诉他：欢迎他来，我保证他来回安全自由。

仆　人　那我就去请他快来。（下。）

布鲁达　我知道我们是可以做朋友的。

卡协斯　但愿如此。但是我对他总是不放心，觉得他这个人靠不住，而我的担心多半不会落空。

（安东尼重上。）

布鲁达　安东尼来了。——欢迎，马克·安东尼。

安东尼　（对凯撒遗体）啊，伟大的凯撒，你怎么落得个这样的结局！你光辉的胜利、凯旋的收场，怎么缩小到了这个地步？永别了！——诸位，我不知道还有谁该流血，还有谁该牺牲。至于我呢，我不知道还有什么事情能和凯撒同生共死相提并论的，还有什么刀剑能和你们手中的杀人凶器争辉比美。我请求你们，如果你们觉得我难以忍受，那就趁你们手上的鲜血未干、热气腾腾的时候，使你们的欢乐更提高一步吧！即使我再活一千年，恐怕也找不到更合适的地方来割断我的生命线，让我和凯撒同归于尽。死在你们的血手之下吧！你们是这个时代挑选出来的精英啊。

布鲁达　啊，安东尼，不要向我们乞讨死亡，虽然我们看起来血腥残酷，但那都是我们双手干出来的事情；你却没有看见我们的心。我们的心是充满感情的，为了对罗马的深情厚谊，我们就不得不放弃对凯撒的私人感情了。——至于你呢，我们的刀剑是不伤人的。马克·安东尼，我们的武器有杀伤力，但我们的心对你却只有兄弟之情，所以我们是充满了好感，好心好意地欢迎你的。

卡协斯　你会和大家一样有权分配新的职务。

布鲁达　那要等惊慌不安的群众平静下来之后，我们才能告诉你为什么要这样做，其实，即使在我们行动的时候，我还是敬爱凯撒的。

安东尼　我并不怀疑你们有你们的理由。让我握握你们鲜血淋漓的双手吧。——首先，玛卡斯·布鲁达，我要和你握手；——其次，卡亚·卡协斯，让我们握手吧；——现在，德夏斯·布鲁达，轮到你了；——还有你呢，莫特勒；——握你的手，辛那；——还有我勇敢的卡斯卡，你的手呢？——好一个特邦涅，虽然你是最后一个，但并不是最不重要的；——诸位，唉，叫我怎么说呢？我的人格在滑坡了，你们不是说我胆小，就会说我投机。——凯撒，我爱过你，一点不错，假如你的英灵瞧着你的安东尼和你的仇家结好，紧紧握住他们的血手，你不会觉得比死还更难受吗？在你的遗体面前，假如我的眼睛和你的伤口一样多，我流出的眼泪不会比你流出的鲜血少，那我怎能和你的仇家言归于好呢？原谅我吧，朱力斯，你已经是走投无路的雄鹿，签下了你死亡证的猎人站在周围，像遗忘了你的地狱河水一样脸红耳赤——啊，世界，你就是雄鹿受苦受难的森林，多少王孙公子的乱箭使你死无葬身之地啊！

卡协斯　　马克·安东尼——

安东尼　　对不起，卡亚·卡协斯。即使是凯撒的对头恐怕也会这样说的，作为一个朋友，这话听起来就更是平淡无奇、不痛不痒了。

卡协斯　　我并不怪你这样称赞凯撒。不过，你和我们有什么共同之处呢？我们能把你当作朋友吗？或者是我们各人干各人的，并不能依靠你？

安东尼　　我和你们握了手，但是一见凯撒，我就身不由己了。我和你们大家都是朋友，也喜欢你们大家，希望你们能告诉我：为什么说凯撒是危险人物？他在哪一方面危险？

布鲁达　　如果没有理由，那简直是野蛮行为了；我们的理由是照顾到方方面面的，安东尼，即使你是凯撒的儿子，听了也会心悦诚服。

安东尼　　那正是我求之不得的。我还有个请求，就是把凯撒的遗体送到市场讲台上去，以便他的朋友也能在葬礼集会上讲话。

布鲁达　　你可以讲话，马克·安东尼。

卡协斯　　布鲁达，我和你说句话——

（对布鲁达旁白）

你知道你干的事会有什么结果吗？怎么能让安东尼在葬礼会上讲话呢？你知道他会怎样鼓动群众吗？

布鲁达　那不要紧；我会自己先上台讲话，说明凯撒非死不可的原因。安东尼说什么，我会说明：他是经过我们允许，得到我们同意，才上台讲话的。我们同意为凯撒举行合理合法的葬礼，这对我们也是利大于弊的。

卡协斯　（对布鲁达旁白）我不知道会有什么结果，但是我不赞成。

布鲁达　马克·安东尼，你把凯撒的遗体送到市场上去吧。你想对他说什么好话都可以，但要说明是经过我们同意的，否则，你就不可能参加葬礼了。你应该在我讲话之后，再在讲台上说你要说的话。

安东尼　就这样吧，我也没有更多的要求了。

布鲁达　你去把遗体收拾好，再跟我们来吧。

（众下。安东尼留台上。）

安东尼　（对凯撒遗体）你血淋淋的遗体是大地最宝

贵的骨肉，我不得不低声下气对这些凶手谈话，他们杀害了时代潮流冲洗不掉的英雄人物，罪恶的手使伤口涌出了无价的鲜血。面对你的创伤，我从你红宝石般的嘴唇中听到了警告：愤怒疯狂的内战将要蹂躏意大利的四面八方。上天的诅咒会照亮人们的刀剑，到处引起鲜血奔流，断壁残垣坍塌，残暴恐怖，人们已经习以为常，母亲笑看子女断臂残肢还上战场，同情已经哑口无言。凯撒的游魂在复仇女神的陪同下，冲破了地狱的樊篱，发出了帝王的呼声，放出了战争的鹰犬，喷出了死无葬身之地的哀号。

（奥大维仆人上。）

——你是奉奥大维之命来的吗？

仆　人　正是，马克·安东尼。

安东尼　凯撒有信要他到罗马来。

仆　人　他已经得信奉命来了，要我先来传达口信。

（见凯撒遗体）啊，凯撒！

安东尼　你的心也碎了，到一边哭去吧。悲哀触动了我的眼睛，看见传播悲哀的种子，不禁使我泪下如雨。你主子来了吗?

仆　人　他今晚在罗马城外二十里处驻军。

安东尼　快去告诉他这里发生的事情,这里是一片悲痛,一个到处是险境的罗马,对奥大维并不安全。你快去告诉他吧。不过等一下,等我把遗体送去市场,我还要向群众宣布这个流血惨案,你听了再去禀告奥大维吧。现在,和我同把遗体送去市场。

(同送遗体下。)

第 三 幕

第二场

罗马讲坛

(布鲁达上讲台,卡协斯及市民随后。)

市　民　我们要听满意的解释,你就说吧。

布鲁达　那你们跟我来,朋友们,听我说。卡协斯,你到另外一条街上去,让群众也跟你走。愿意听我讲的就留下来。要听卡协斯讲的,请随他去。大家都会听到凯撒为什么会死的。

市民甲　我要听布鲁达讲。

市民乙　我要听卡协斯讲。听了两个人,再比较他们的说法。

(卡协斯和部分市民下。)

市民丙　高尚的布鲁达上台了。听他讲吧!

布鲁达 请你们耐心听到底。罗马人,同胞们,亲爱的听众,请你们相信我的人格,因为相信我的人格才会相信我说的话。用你们的聪明才智来判断,只有耳聪目明才能判断是非。如果你们当中有凯撒的朋友,那我会对他说:布鲁达对凯撒的感情决不在他之下。如果这个朋友问布鲁达为什么要反对凯撒,我的回答是:不是我不爱凯撒,而是我更爱罗马。难道你们愿意凯撒活着而让大家一直到死都做奴隶?还是愿意凯撒死了,大家却活着做自由人呢?因为凯撒爱我,我为他流泪;因为他有功,我很感激他;因为他英勇,我更崇拜他;但是他的雄心是要称王称霸,我就刺杀他了。他的感情得到的是眼泪,他的功劳得到的是感激;他的英勇得到的是崇拜,而他的野心得到的却是死亡。难道有人这样卑贱,愿意终身为奴吗?如果有,请说出来,因为我得罪了他。难道有人这样粗野,不愿意做罗马人?如果有,请说出来,因为我得罪了他。如果有人这样恶毒,甚至不爱

　　　　　他的国家？如果有，请说出来，因为我得罪了他。现在我不说了，只等待回答。
群　众　没有，布鲁达，没有。
布鲁达　那我就没有得罪任何人。我对凯撒不错，正如你们对布鲁达一样。凯撒的功过，元老院都有案可查。他的功绩光照人间，他的过失却带来了死亡。

（安东尼送凯撒遗体上。）

　　　　　马克·安东尼护送遗体来了。虽然他和凯撒的死亡没有关系，但是共和国中还是有他一席之地。你们大家都是一样。说到这里，我要走了。为了罗马，我杀死了我最敬爱的人物；如果国家要我献出生命，我这把刀也会毫不容情的。

（走下讲台。）

群　众　不会要布鲁达偿命，不会，不会。
市民甲　送他胜利回家去。
市民乙　给他立一座雕像，和他祖先的一样。
市民丙　让他接凯撒的班。
市民丁　接班人会胜过当班人。

市民甲　我们要用掌声和欢呼声送他回家。

布鲁达　同胞们——

市民乙　静一静，布鲁达讲话了。

市民甲　静一静，听！

布鲁达　亲爱的同胞们，请让我一个人回家。请大家为我留下来，听听安东尼说什么。你们应该尊重凯撒的遗体，也该听安东尼赞扬凯撒的丰功伟绩——这是我们允许马克·安东尼赞扬的——我请大家一个也不要走。听我走后安东尼说的话。（下。）

市民甲　好，都不要走，听马克·安东尼说什么。

市民丙　请他上讲台吧，我们好听他讲。高贵的安东尼，请上台吧。

安东尼　为了布鲁达的好意，我感谢你们。

市民丁　他说布鲁达什么来着？

市民丙　他说多亏布鲁达的好意，他对我们大家表示感谢。

市民丁　最好他不要说伤害布鲁达的话。

市民甲　这个凯撒是个霸王。

市民丙　不，这不消说，罗马除掉了一个暴君。

市民乙　静一静,听安东尼怎么说。

安东尼　亲爱的罗马人——

群　众　喂,静一静,听他说。

安东尼　朋友们,罗马人,同胞们,请听我说:我是来埋葬凯撒,不是来赞扬他的。一个人做了不好的事,流传得比他的生命还更长久;他做的好事却和他的尸骨一同埋进了坟墓。凯撒怎么能是个例外呢?高尚的布鲁达说凯撒有勃勃的野心,果真如此,那的确是一件坏事,而且凯撒已经得到报应了。现在,我得到布鲁达和他的朋友准许——当然,布鲁达是一个货真价实的好人,他的朋友也是好人。我现在来悼念凯撒,因为他是我的朋友,忠诚,公正;但是布鲁达却说他野心勃勃,而布鲁达是一个货真价实的好人。凯撒俘虏了许多敌人回到罗马,他们的赎金充实了国库,这能算是个人的勃勃野心吗?当穷人号啕大哭的时候,凯撒也泪流满面,有野心的人应该是铁石心肠啊!但布鲁达说他有野心,而布鲁达是个货真价实的好人。大家都在市场中心亲眼目睹我三次把王冠呈献给他，而他却三次都拒绝了，这是勃勃的野心么？但布鲁达却说他野心勃勃，而布鲁达是一个货真价实的好人。我说的话不是要否定布鲁达说过的话，只是在这里说出我所知道的事实。你们大家都曾经爱戴过凯撒，那不会是毫无道理的。那么，现在又有什么理由不让你们哀悼他呢？啊，判断是非的能力难道都跑到禽兽心中去了？人怎么反而失去了理智？对不起，我的心已经跟着凯撒葬进了棺木，要等它从棺木中回来才能说下去了。

市民甲　我看他说得很有理。

市民乙　实事求是地讲，凯撒可是遭了天大的冤枉！

市民丙　是吗？我怕他的接班人比他还要坏得多呢。

市民丁　你们听清楚了吗？他拒绝接受王冠，那就说明他没有野心了。

市民甲　如果是这样，那却是颠倒是非了。

市民乙　可怜的好人，他哭得眼睛又红又肿，好像火烧过了一样。

市民丙　全罗马没有一个好人比得上安东尼。

市民丁　听，他又接着说了。

安东尼　就是昨天，凯撒的一句话可以抵消全世界对他的批评。不过，他现在躺在那里，没有一个可怜人来悼念他。啊，诸位！要是我想煽动人心起来造反，那就对不起布鲁达，也对不起卡协斯——你们大家都知道——他们是货真价实的好人。这里有一张羊皮纸，上面盖了凯撒的印章，这是我在他卧室里找到的遗嘱。啊，诸位，如果我要鼓动你们造反，那我就对不起布鲁达，也对不起卡协斯，而你们都知道——他们是货真价实的好人。我宁愿得罪死者，得罪自己，甚至得罪你们，也不愿得罪这些货真价实的好人。但是我在卧室里发现的这张羊皮纸盖了凯撒的印章，这是他的遗嘱，让大家听一听吧——不过，对不起，我现在不想念——怕你们听了就会立刻跑去吻死者的伤口，并且要留下一根头发作为纪念，甚至临死还要写入遗嘱，作为宝贵的遗产移交给后世呢。

市民丁　我们要听遗嘱，请念吧，马克·安东尼！

群　众　遗嘱，遗嘱！我们要听凯撒的遗嘱。
安东尼　请耐心等一下，亲爱的朋友们，我不能宣读，因为现在还不适宜让你们知道凯撒如何热爱你们。

你们不是木头，不是石头，而是人啊！你们是人，听了凯撒的遗嘱，它会煽动你们，你们就会疯狂。所以，你们最好还是不要知道他要给你们什么遗产。因为如果你们知道了，天哪！那会发生什么事呢？

市民丁　读遗嘱吧，安东尼，你一定要读凯撒的遗嘱！
安东尼　请耐心等一等，好吗？我怕告诉你们遗嘱的事已经得罪了货真价实的好人，他们用刀刺杀了凯撒啊！
市民丁　他们是凶手；什么货真价实的好人！
群　众　遗嘱，遗嘱说了什么？
市民乙　他们是恶人，杀人犯。遗嘱，念遗嘱吧。
安东尼　你们非听遗嘱不可吗？那就围着凯撒的遗体站一圈吧，我要让你们先看一看写遗嘱的人。我下来吧，你们看怎么样？

群　众　下来吧。

市民乙　下来。

市民丙　大家都要你下来。

（安东尼下讲台。）

市民丁　大家站一圈吧。

市民甲　不要离棺木太近，要离遗体远一点。

市民乙　给安东尼让位吧，高尚的安东尼下来了。

群　众　大家退后一点。

安东尼　不要站得离我太近，还是远一点好。

群　众　那就站远一点，让开，退后一点。

安东尼　如果你们有眼泪，那就流出来吧。你们都认得这件外套。我还记得凯撒第一次穿它的时候，那是一个夏天的晚上，在他的营帐里。他打败了纳威的军队，穿的就是这件外套。瞧！卡协斯的匕首就是从这里刺破外套的。瞧，狠毒的卡斯卡一刀砍出了多长的伤口。而在这里，人人敬爱的布鲁达刺了一刀，等他拔出武器时，看，凯撒的鲜血汹涌奔出了心脏的大门，仿佛不相信这是他的保护神布鲁达下的毒手。——啊，天神呀，凯撒是多么敬爱他呀！——这是最狠毒的以仇报恩。当高尚的凯撒不忍见这忘恩负义、比钢铁的杀伤力还更大的毒手，就用这件外套蒙上了他临终的面庞，他伟大的心停止了跳动，就倒在庞贝的像座之下，浑身鲜血淋漓！——伟大的凯撒倒下了。啊，这是天塌下来啦！亲爱的同胞们，于是我和你们大家都倒下了。叛贼播下的血债溅污了我们全身。啊，现在，你们哭吧，我看见你们天良发现、同情奔流，汹涌的眼泪和淋漓的鲜血一同滚滚而来。善良的心灵，你们睁开眼睛怎能不哭？看这伤痕累累的外套掩盖着凯撒临终的遗容，躺在凶手洒下的一片血泊之中。

市民甲　多么令人伤心的场面！
市民乙　多么难能可贵的凯撒！
市民丙　啊，悲惨的日子！
市民丁　啊，该死的凶手！
市民甲　啊，血腥的屠杀！
市民乙　啊，我们要报仇！
群　众　报仇，到处搜呀，烧呀，放火呀，杀人呀！

|||杀呀，不要放过一个凶手！
安东尼　等一等，同胞们！
市民甲　静一静，听安东尼怎么说。
市民乙　我们要听他的，跟着他，同生死，共患难！
安东尼　亲爱的朋友们，我亲爱的好朋友，请你们不要激动，不要热血沸腾，再来流血牺牲。要知道干下这些坏事的都是好人。他们有什么私人恩怨，唉，我也不知道。什么仇恨使他们干出这种勾当来？但他们都是聪明正直的好人。当然不会没有理由回答你们的质问。朋友们，我不是来偷窃你们的好心善意的，我也不会像布鲁达那样说豪言壮语，只是一个你们知道的说一是一、说二是二的老实人。你们知道我热爱我的朋友，所以我公开袒露我的胸怀。我既没有智慧，又不会说话，没有本领，一言一行都不算能言善辩，使人心血沸腾。我只会老老实实说出你们都知道的事情，让你们看亲爱的凯撒满身的伤口、他不再会说话的嘴唇，请你们代我说出无声的语言。假如我是布鲁达而布鲁达是我，那我就会激起你们满腔的热血，使凯撒的每一个伤口都吐出一个舌头，来说得罗马的每一块石头都起来造反。

群　众　我们要造反。

市民甲　我们要火烧布鲁达的家。

市民丙　那就走吧，来，大家找凶手去。

安东尼　你们听我说，同胞们，听我说一句。

群　众　大家静一静，听安东尼说，安东尼这个好人！

安东尼　怎么了，朋友们，你们知道去做什么事吗？知道凯撒多么值得你们热爱吗？唉，你们还不知道，那我就来告诉你们。你们都忘了我说过的遗嘱了。

群　众　的确，遗嘱呢？让我们听一听！

安东尼　这就是遗嘱，上面还盖了凯撒的印。他遗留给每一个罗马公民七十五个银币，一个不少。

市民乙　伟大的凯撒，我们要为他报仇。

市民丙　真是配戴王冠的凯撒！

安东尼　请耐心听我讲。

群　众　喂，静一静。

安东尼　还有，他把他所修建的林荫大道，第伯河畔的园林别墅、花木果园，全都遗留给你们，供你们和后世享用，同欢共乐，这就是独一无二的凯撒！什么时候才能再有一个呢？

市民甲　不会再有了。来吧，让我们把遗体在圣地火化，再把火去烧掉凶手的家。抬起遗体来吧。

市民乙　去点火吧。

市民丙　把凳子拉下来烧掉。

市民丁　把家具、门窗都烧掉。（群众抬凯撒遗体下。）

安东尼　现在，这把火点起来了。——要烧哪里就烧哪里吧！

（仆人上。）——有什么事？

仆　人　大人，奥大维已经到罗马了。

安东尼　他现在在哪里？

仆　人　他和雷必达都在凯撒家里。

安东尼　我立刻要去和他见面，谈谈罗马要做的事。看来吉星高照，我们大约可以想怎样就怎样了。

仆　人　听说布鲁达和卡协斯已经逃到罗马城外去了。

安东尼　看来他们已经知道：群众都煽动起来闹事了。你去回报奥大维，说我就要来了。（下。）

第 三 幕

第三场

罗马街上

（诗人辛那上。众市民后上。）

辛　那　昨夜梦见和凯撒同吃最后的晚餐，恐怕不是个好兆头。我不想出门，偏偏又出来了。

市民甲　你叫什么名字？

市民乙　到什么地方去？

市民丙　住在什么地方？

市民丁　结了婚或是打单身？

市民乙　各个问题都要回答。

市民甲　回答都要简单。

市民丁　回答还要明了。

市民丙　还要老老实实，那就再好没有。

辛　那　我叫什么名字？到什么地方去？住在什么地方？结了婚或是打单身？每个问题都要回答，回答还要简单明了老实。说老实话，我是个聪明的单身汉。

市民乙　那不等于说结婚是傻瓜吗？真该挨打。说下去吧。

辛　那　我要去参加凯撒的葬礼。

市民甲　是帮手还是凶手？

辛　那　是帮手。

市民乙　倒也直截了当。

市民丁　你住什么地方？

辛　那　住在元老院旁。

市民丙　你叫什么名字？

辛　那　我名字是辛那。

市民甲　那该碎尸万段，你是一个凶手。

辛　那　我是诗人辛那，我是诗人。

市民丁　那也应该碎"诗"万段！碎"诗"万段！

辛　那　我不是凶手辛那。

市民丁　那不要紧，要从胸中挖掉凶手，心中挖掉辛那。

市民丙　来，拿火把来！去烧布鲁达家，去烧卡协斯家，都去放火，去德夏斯家，去卡斯卡家，去利加略家！

（群众拉辛那下。）

第四幕

第一场

罗马安东尼家中

（安东尼、奥大维、雷必达上。）

安东尼　那么，这些人该处死，他们的名字上都做了记号。

奥大维　雷必达，你的兄弟也得处死，你同意吗？

雷必达　我当然同意。

奥大维　安东尼，在他的名字上做记号吧。

雷必达　不过有个条件，比必勒也不能免死，虽然他是马克·安东尼的外甥。

安东尼　他当然也该死。瞧。他的名字已经做上记号了。不过，雷必达，你先到凯撒家去一下，然后，我们再商量如何削减他遗产的开支。

雷必达　怎么，还要我到这里来找你？

奥大维　不来这里，就去圣殿好了。

（雷必达下。）

安东尼　这是个微不足道的小人物，只适宜派他去完成任务，让他和我们三分天下，他够格吗？

奥大维　你既然这样看他，为什么让他参加决定处死谁的黑名单呢？

安东尼　我比你年长几岁，见过的世面也要多些。我们给他名分，只是让他分担责任而已，就像驴子背黄金一样，虽然累得汗流浃背，叫苦连天，但是我们叫它往东，它就不敢往西，黄金运到之后，并没有它的份，只是喂它草料，让它摇摇耳朵，就打发它走了。

奥大维　你可以随意打发他，不过他还是个经过考验、打过硬仗的好汉啊。

安东尼　我的战马也打过硬仗，奥大维，但是我只喂它大量草料，训练它冲锋陷阵，风驰电击。它的体力要由人力来支配。雷必达也是一样，他必须经过教导、训练，然后执行命令——一个外强中干的人物，吃了食物却不消化，学了技术不会模仿，别人抛弃不用的陈规旧习，他却看成新鲜事物，成了他的特长。这种人只能用作工具，不多谈了。现在，奥大维，谈谈我们的大事吧。布鲁达和卡协斯已经在召集兵力。我们必须迎头痛击，因此，让我们联合起来。会合友军的兵力，扩充我们的物资，让我们立刻开会协商，公开他们的阴谋，化险为夷，来取得胜利吧！

奥大维 我们现在四面受敌，敌人脸笑心狠，肚子里的诡计可多着呢。

（同下。）

第 四 幕

第二场

沙狄斯附近营地，布鲁达帐前

（布鲁达、鲁西列领军上，遇狄地涅、平达鲁。）

布鲁达　站住，嘿！

鲁西列　口令，嘿！站住。

布鲁达　怎么啦，鲁西列？卡协斯来了吗？

鲁西列　就要来了。平达鲁来向你表示他主子的敬意。

布鲁达　谢谢，平达鲁，谢谢你的主子。不知道是他改了主意，还是传信人的误会，我希望他做了的事，如果能另起炉灶，那就更好。不过他既然已经来了，那就一切都好商量。

平达鲁　我不怀疑我的主子会表现得实事求是，一如既往，表现出对你的敬意和关怀。

布鲁达　我并不怀疑他。——鲁西列，我要和你说一句话：他是如何对待你的？你说清楚了，我好对付他。

鲁西列　他很客气，也很规矩，但是不像过去那样亲切，那样随便，那样友好。

布鲁达　你说的是一个熟人调子忽然冷下来了。鲁西列，当感情开始下降，人就会勉强装模作样，用词也不简单明了，而要用些溢美之词来做掩护。就像一匹血气方刚、跃跃欲试的新马，经不起考验，一挨鞭子，就要垂头丧气、一蹶不振了。他的军队开来了吗？

鲁西列　他们计划今夜到沙狄斯安营扎寨，步兵骑兵大队人马却要在卡协斯统领下来到营地。

（卡协斯领人马上。）

布鲁达　听，大队人马到了，轻松地去欢迎他们。

卡协斯　嘿，立定！

布鲁达　嘿，立定！说出口令。

士兵甲　立定。

士兵乙　立定。

士兵丙　立定。

卡协斯　高高在上的仁兄，你对不起人啦。

布鲁达　天哪，我有没有对不起我的敌人？如果敌人都没有得罪过，怎么会对不起自家兄弟呢？

卡协斯　你温和的外表掩盖了狠毒的实质。

布鲁达　卡协斯，不要说气头话。在两军众目睽睽之下，我们只能表现得亲热。——不能在大庭广众之中争吵。要人马安营扎寨去吧，卡协斯，然后到我营帐中来倾吐你的不满。我会倾听你的高见。

卡协斯　平达鲁，你去对军官们传达命令，要他们把人马驻扎在离这里远一点的营地。

布鲁达　鲁西列，你也去把人马安顿下来。不要让人进入我的营帐，我们要商量重要的事情，要路协斯和狄地涅把营门管好。

（众下。）

第四幕

第三场

布鲁达营帐中

（布鲁达、卡协斯上。）

卡协斯　你这样做事太对不起人了。你说鲁协斯·佩拉接受了萨拉丁人的贿赂，并且给他定了罪，但是我更了解他这个人，所以写信给你为他求情，你却置之不理，未免太瞧不起人了吧。

布鲁达　你写这封信就对不起自己了。

卡协斯　在现在这样的紧急关头，可不能因小失大啊！

布鲁达　我要提醒你，卡协斯，你自己也要提防见钱手痒，为了赚钱，不惜卖官鬻爵给不三不四的人。

卡协斯　我会见钱手痒吗？你要知道，假如说这话的不是布鲁达，老天在上，这句话就是他的临终遗言了。

布鲁达　难道卡协斯的名誉使腐败也变成光荣了？这样颠倒黑白，怎么会蒙蔽了你的头脑？

卡协斯　颠倒黑白？

布鲁达　记住三月节，不要忘了三月节，伟大的凯撒不就是为了私心而流血牺牲的吗？如果他不是因私害公，哪个凶手敢刺得他满身鲜血淋漓？难道我们这些敢冒天下之大不韪，打倒天下第一人的好汉，会让抢劫钱财的强盗用肮脏的贿赂来染红我们的手指吗？会把正大光明的荣誉当作垃圾废物一样拍卖吗？那我宁可做初见明月就狂吠乱叫的小狗，也不做见怪不怪的罗马人了。

卡协斯　布鲁达，不要学狗叫了，我受不了你忘乎所以，要把我关在狗窝里。我是一个军人，斗争经验比你丰富，比你更会处理事情。

布鲁达　去你的吧，你已经不是卡协斯了。

卡协斯　我怎么不是？

布鲁达　我说你不是。

卡协斯　不要再逼我了,我会被逼得忘乎所以的。小心你的安全!不要逼得我没有退路了。

布鲁达　走开,小人!

卡协斯　你可能这样说话吗?

布鲁达　听着,我还要说呢。你以为你一生气,我就会让步吗?难道疯子瞪眼也能把我吓倒?

卡协斯　啊,天呀,天呀!难道我得忍受这一套!

布鲁达　这一套还不够,我要气得你胆战心惊,去对你的奴才发脾气,耍威风,让他们发抖吧!我是稳如大山的。天神在上,即使你的怒气化为蛆虫,啃食你的心肝五脏,我也只会哈哈大笑,哪怕笑破肚皮也不在乎。从今以后,我就只把你当笑料,哪怕你身上有黄蜂的毒刺啊。

卡协斯　怎么会到这一步呢!

布鲁达　你说你是军人,斗争经验比我丰富,我倒要看你是不是吹牛。若有真才实学,我是愿意学的。

卡协斯　你在各方面都冤枉我了,都冤枉我了,布

　　　　　鲁达。我只说我是一个军人，斗争经验比你丰富；并没有说比你更有真才实学。我说过吗？

布鲁达　说过没有，我不在乎。

卡协斯　即使凯撒活着，他也不会这样叫我生气。

布鲁达　算了，算了，你也不敢惹他生气。

卡协斯　我不敢吗？

布鲁达　你不敢。

卡协斯　怎么？我不敢惹他生气？

布鲁达　你要保命，就不敢惹他。

卡协斯　不要以为我们有老关系，就不会做出格的事。

布鲁达　你已经出格了，追悔也来不及。你的恐吓，卡协斯，也没有什么可怕。因为我已经用忠诚老实武装起来。你的恐吓只像一阵冷风拂面而过，我并不放在心上。我的确要人去向你借过钱，你不肯借，因为我不愿用卑鄙的手段去搜刮钱财还你的债。老天在上，我宁可把自己的心血铸成金钱，也不愿压榨农民手中的血汗钱来还你借给我的军饷。如果玛卡斯·布鲁达也这样爱财如命，锁起他的金

　　　　库，不接济困难中的友军，老天在上，你就让我天打雷劈，粉身碎骨吧。

卡协斯　我没有拒绝过你呀。

布鲁达　怎么没有？

卡协斯　就是没有。一定是带回信的人出了错误。布鲁达，你使我心碎了。如果我们是朋友的话，就应该容忍对方的缺点，但布鲁达却把我的缺点夸大了。

布鲁达　没有，我不过是实事求是而已。

卡协斯　你并不爱你的朋友。

布鲁达　我不喜欢你的错误。

卡协斯　一个朋友眼中是看不出这种错误来的。

布鲁达　在讨好卖乖的人看来，奥林匹斯山也只是个小丘。

卡协斯　来吧，安东尼；来吧，小凯撒奥大维！你们都来向卡协斯报仇吧，他对世界已经厌倦了。他爱的人恨他，他的朋友瞧他不起，他们束手束脚像是奴才。一切过错都推在他身上，并且记录在案，翻来覆去记忆在心，使他为人不齿。啊，我能把心灵从眼睛里哭出来。这里是我的匕首，这里是我袒露的胸膛。我内心的金子比地狱里的金矿还多。如果你是个真正的罗马人，就把我的心拿走吧。我用心来代替金子还债了。请你像刺杀凯撒一样杀死我吧！因为我知道：即使你最恨凯撒的时候，你对他的感情也远远胜过对我的感情。

布鲁达　收起你的匕首，要发脾气就发脾气，但是不要过火。想说什么就说什么吧。啊，卡协斯，你的对手是只羔羊，羊角上蹦出的火花也会发出光芒，但是立刻就烟消光散了。

卡协斯　难道在布鲁达看来，卡协斯的生活就只有欢声笑语，没有心血来潮的苦闷烦恼吗？

布鲁达　我刚才冒犯你的时候，自己脾气不好，就烦恼了。

卡协斯　责备自己不要太严。让我们握手言欢吧。

布鲁达　还要交心才好。

卡协斯　啊，布鲁达！

布鲁达　什么事？

卡协斯　谢谢你的好心好意，能够原谅我母亲生下我来就给了我的坏脾气。

布鲁达　对，卡协斯，从现在起，只要你对布鲁达太认真，我就会想起你的母亲，而不再怪你了。

（一诗人上，鲁西列和狄地涅紧随。）

诗　人　让我进去，我要面见两位将军。他们在闹别扭，不能没有一个中间人。

鲁西列　你可不能去见他们。

诗　人　我死也要进去。

卡协斯　怎么啦？出了什么事？

诗　人　两位将军，你们这是干什么啦？难道不害臊吗？还是言归于好吧，这才合乎你们的身份啊。到底我比你们多活了几年，我这总不会看错吧。

卡协斯　这家伙唱的是什么怪调子？

布鲁达　出去，老兄，不要油嘴滑舌，甜言蜜语。出去！

卡协斯　忍耐一点吧，布鲁达，他们就是这套。

布鲁达　要我忍受，也要他识时务。打仗和这傻瓜的胡言乱语有什么关系？叫他出去！

99

卡协斯　走吧，走吧，快点走开！

（诗人下。）

布鲁达　鲁西列，狄地涅，你们去要军官今夜把军队安顿好。你们两个同摩沙立刻回来。

（鲁西列、狄地涅下。）

布鲁达　路协斯，拿碗酒来。

卡协斯　想不到你会这样生气。

布鲁达　啊，卡协斯，我的痛苦太多了。

卡协斯　你怎么不用你的哲学来对付意外的痛苦呢？

布鲁达　没有人比我更能忍受痛苦的了。你不知道，我的玻西娅死了。

卡协斯　怎么，玻西娅？

布鲁达　她死了。

卡协斯　这么大的痛苦你都忍着没说，没有在争吵时给我一刀！她得了什么病？

布鲁达　我不在她身边使她焦急，又听到了奥大维和马克·安东尼的大军的消息，胆战心惊，趁身边没有人的时候，就吞炭火自杀了。

卡协斯　就这样死了？

布鲁达　就这样。

卡协斯　啊，天神是不会死的呀！

（在烛光下，路协斯送酒上。）

布鲁达　不要再谈她了。给我一碗酒吧，卡协斯，我要把痛苦和错误都埋葬在酒碗中。

卡协斯　我的心灵正渴望得到这可贵的保证呢。路协斯，把我的酒杯倒满，哪怕布鲁达洋溢的友情叫我吃不消呢。（饮酒。）

（路协斯下。狄地涅及摩沙拉上。）

布鲁达　请进，狄地涅；非常欢迎，摩沙拉。现在，让我们在烛光下解决麻烦的问题吧。

卡协斯　玻西娅，你就这样离开了人间？

布鲁达　请你不要再谈她了。——摩沙拉，我得到消息说，小奥大维和马克·安东尼带领大军进攻菲力比了。

摩沙拉　我也得到了同样的消息。

布鲁达　还有别的情况吗？

摩沙拉　奥大维、安东尼和雷必达非法宣布了一百个元老免去职务，判处死刑。

布鲁达　这和我得到的消息有所不同。我听说只处决了七十个元老，其中有西瑟罗。

卡协斯　西瑟罗也是一个？

摩沙拉　西瑟罗已经死了。你没有得到夫人的信吗？

布鲁达　没有，摩沙拉。

摩沙拉　你得到的信中也没有你夫人的消息？

布鲁达　没有，摩沙拉。

摩沙拉　这个，我看，那就有点怪了。

布鲁达　你怎么这样说？你得到的信说她怎么了？

摩沙拉　没有说，大人。

布鲁达　那么，你是个罗马人，要对我说实话。

摩沙拉　那么，作为罗马人，你听我说实话：她肯定是死了，并且死得很奇怪。

布鲁达　不谈玻西娅了。人总是要死的，摩沙拉。想到她终有一死，我就想得开了。

摩沙拉　即使伟大的人物也得忍受巨大的灾难。

卡协斯　我表面上看起来和你一样不在乎，其实，内心还是受不了的。

布鲁达　够了，现在还是谈活人的事吧。你们看现在向菲力比进军怎么样？

卡协斯　我觉得不大好。

布鲁达　为什么呢？

卡协斯　我觉得最好让对方来找我们，消耗他们的人力物力，这对他们不利，而我们却可以养精蓄锐，以逸待劳。

布鲁达　你的理由不错，但我更有道理。在菲力比和这块营地之间的百姓是勉强归顺我们的，他们对征赋不满，如果对方进军经过这些地方，他们会参加对方的队伍，加强他们的兵力，如果我们去菲力比，把他们留在我们后方，就不会补充对方的兵力了。

卡协斯　听我说，我的仁兄。

布鲁达　对不起。此外，你还必须注意，我们已经集中了最大的力量，包括友军在内，我们处在全盛时期，马上就要水到渠成。而对方的力量却在日益增长，我们却是相反，盛久必衰。如果我们不随着高潮，顺势前进，等到水退潮落，面前只剩浅滩苦海，那就后悔莫及了。所以我们一定要顺势前进，不可坐失良机。

卡协斯　那就照你的意思办吧。我们大力前进，到菲力比和他们会战，一决胜负。

布鲁达　我们不知不觉已经谈到深夜了，天性不可违背，用时间还得精打细算，不能浪费。赶快抓紧时间休息，好在也没有什么急事要谈了。

卡协斯　今夜就不谈了，明天早起再出发吧。

布鲁达　路协斯。

（路协斯上。）

拿我的睡衣来。

（路协斯下。）

再见，狄地涅。——高贵而又高贵的卡协斯，再见，祝你睡个好觉。

卡协斯　啊，我亲爱的仁兄，今夜开场不顺，希望我们的心灵不会再有分歧。

布鲁达　但愿一切顺利。

卡协斯　晚安，大人。

布鲁达　晚安，仁兄。

狄地涅、摩沙拉　晚安，布鲁达大人。

布鲁达　再见，各位仁兄。

（卡协斯、狄地涅、摩沙拉下。）

（路协斯拿睡衣上。）

拿我的睡衣来。你的乐器呢？

路协斯　在营帐里。

布鲁达　你怎么说话这样睡意蒙眬的？可怜人，我也不能怪你，你实在是太疲倦了，叫克罗底或别的人来吧。我要他们在营帐的垫子上睡一夜。

路协斯　华罗斯，克罗底！

（华罗斯、克罗底上。）

华罗斯　大人传唤我们？

布鲁达　我要你们在帐中睡，说不定什么时候我会把你们叫起来，去找我的兄弟卡协斯。

华罗斯　我们会遵命站岗放哨。

布鲁达　我不要你们站岗，老兄，你们躺下吧。

（华罗斯、克罗底躺下。）

瞧，路协斯，这就是我要找的那本书，原来放在我睡衣口袋里了。

路协斯　我说了大人没有把书交给我。

布鲁达　对不起，好孩子，我太健忘了。你能用乐器给我奏一两支曲子吗？

路协斯　当然可以，主子，只要你喜欢听。

布鲁达　我当然喜欢，孩子，太麻烦你了，好在你还乐意。

路协斯　这是我的本分，大人。

布鲁达　我不该提出过分的要求，我知道年轻人要多休息。

路协斯　大人，我已经睡过了。

布鲁达　那好，你还应该多睡一会儿，我不会要你花太多时间的，只要我活一天，总会对你们好。（乐声，歌声。）

这是一支催眠曲。——疲倦得要命怎能不睡？你的子弹击中了你唱歌的眼皮。——好孩子，你睡吧，我不想再叫醒你了。你就点头打瞌睡吧，但不要撞坏了你的乐器，等我来收拾吧。好孩子，你睡好了，等我看看，等我看看，我上次没有读完的是不是打折的这一页？我看就是这页。

（凯撒幽灵上。）

蜡烛怎么眨眼睛了？哈！什么人来了，还是我眼花，就看见神怪了？他还向我走来呢。你是什么？是神是鬼？使我浑身冰冷，毛发竖起？说吧，你是谁？

幽　灵　你的冤魂，布鲁达。

布鲁达　你来干什么？

幽　灵　来告诉你：冤家要在菲力比碰头了。

布鲁达　那好。我会再看到你吗？

幽　灵　会的，在菲力比。（下。）

布鲁达　那好，在菲力比再见。我刚打起精神，你又走了。冤魂啊，我还正想和你谈谈呢。——来人啦！路协斯，华罗斯，克罗底，大家醒醒！克罗底！

路协斯　大人，琴弦还没调好呢。

布鲁达　他还以为他在弹琴呢。——路协斯，醒一醒！

路协斯　大人？

布鲁达　路协斯，你这样叫喊，是不是做梦了？

路协斯　我不知道我叫喊了呀？

布鲁达　是的，你叫喊了，你没有看见什么？

路协斯　什么也没有看见，大人。

布鲁达　那就睡吧，路协斯。克罗底老兄，克罗底，你醒醒！

华罗斯　大人？

克罗底　大人?

布鲁达　老兄,你们为什么在梦中大叫大喊?

华罗斯等二人　我们大叫了么,大人?

布鲁达　是的,你们看见什么了?

华罗斯　没有,什么也没有看见。

克罗底　我也没有看见,大人。

布鲁达　去通知卡协斯仁兄,要他按时起兵。我们随后就到。

华罗斯等二人　遵命,大人。

（众下。）

第五幕

第一场

菲力比平原

（奥大维、安东尼领军队上。）

奥大维　现在，安东尼，事实就要证明我们的判断是不是正确了。你说敌军会居高临下，坚守阵地，事实证明却不是这样。他们已经来到菲力比平原，似乎要向我们挑战，要先下手为强了。

安东尼　我知道他们的如意算盘。了解他们如何虚张声势，要想先声夺人，所以离开高地，进攻平原，不过他们是外强中干，力不从心的。

（一信使上。）

信　使　报告二位将军，敌人已经下山，声势浩大，挂出战斗的红旗。请二位将军尽快准备迎战。

安东尼　奥大维，请你进攻左翼，稳扎稳打。

奥大维　我打右翼，你自己打左翼吧。

安东尼　怎么能在紧急关头闹分歧呢？

奥大维　这不是闹分歧，只是我要打右翼。

（在鼓声中，布鲁达、卡协斯，及鲁西列、狄地涅、摩沙拉领军队上。）

布鲁达　他们不前进了。是不是要谈判？

卡协斯　停止前进，狄地涅，我们先去谈判。

奥大维　马克·安东尼，要不要发出战斗号令？

安东尼　不要，凯撒，等他们进攻，我们再迎战吧。上前去，他们的将军要说话了。

奥大维　（对下属军官）等有号令再行动。

（两军对峙。）

布鲁达　先谈后打。是不是，罗马的将军？

奥大维　我们并不像你们那样喜欢空谈。

布鲁达　动口总比动手好吧，奥大维？

安东尼　你们说得好听，行动却是要人的命。你们口里喊着"凯撒万岁！"，手里的匕首却在凯撒身上扎下了血流如注的伤口。

卡协斯　安东尼，你动手的本领如何，我们还没领教；但你说的甜言蜜语却是从蜂房里偷来的，偷得蜂房既没有蜜，甚至连蜜蜂也剩不下来了。

安东尼　没有偷蜜蜂的刺吧？

布鲁达　也偷了蜜蜂的嗡嗡叫声，来掩盖你刺出的伤口。

安东尼　恶贼，你们不就是这样干的吗？你们用万恶的匕首刺向凯撒的胸脯、腰部，露出你们猿猴般的利齿，像猎狗对主人一样奴颜婢膝地吻手吻脚，而该死的卡斯卡却在凯撒的颈子上刺了一刀。啊，你们这些口是心非的狠心贼子！

卡协斯　狠心贼子？布鲁达，这都怪你，要是当时听了卡协斯的话，割了这根舌头，哪有今天这顿臭骂！

奥大维　来吧，来吧，争论是非只要我们流汗，证明问题却要我们流出更红的鲜血。瞧，对你们这班乱臣贼子，我已经拔出剑来了。你们以为我的宝剑什么时候才会插回剑鞘？那要等到凯撒身上三十三处致命的伤口不再鸣冤叫屈，或者你们这些贼子的乱剑不再能夺取凯撒后人的生命，我们才会收兵。

布鲁达　凯撒，你不会死在乱臣贼子手里，因为乱臣贼子正是和你同来的一伙人。

奥大维　你们的污蔑诽谤有什么用？凯撒后人的生命不会丧失在布鲁达的口中或剑下。

布鲁达　啊，年轻人，即使你是你们家族最高贵的后人，死在布鲁达剑下也不会辱没你的家门。

卡协斯　一个不学无识的小子，加上一个花天酒地、吃喝逍遥的浪子，真不值得我们动手。

安东尼　还是卡协斯那个老流氓。

奥大维　来吧，安东尼，我们走了。乱臣贼子，嚼你们的嘴皮子去吧。如果你们今天敢打一仗，我们就战场上见。如果不敢，就去喂饱肚皮，壮壮你们的胆量吧。

（奥大维、安东尼领军队下。）

卡协斯　现在，狂风怒吼，波涛汹涌，我们要迎风破浪，扬帆远航，与天命做斗争了。

布鲁达　鲁西列，听我说句话。

（布鲁达与鲁西列低声说话。）

卡协斯　摩沙拉。

摩沙拉　听候将军吩咐。

卡协斯　摩沙拉，今天是我生日，卡协斯就是这一天出生的。把你的手给我，摩沙拉，我要你做见证，证明我像从前庞贝一样，是迫不得已才不惜牺牲一切来进行这场决战的。你知道我本来相信天命与人事无关，但是现在我的看法有了改变，我也相信预兆了。我们从沙狄斯出发的时候，两头雄鹰从天而降，落在我们雄伟的军旗上，啄食护送我们到菲力比来的士兵喂它们的食物；今天早上，它们却飞得无影无踪了。来啄食的是老鸦、饿鹰、寒鹫。并且在我们头上飞来飞去，仿佛要把我们也当成食物了。它们的影子仿佛笼罩着丧魂失魄的残兵败将一样。

摩沙拉　不要相信这套！

卡协斯　我是半信半疑，只好振作精神，但愿能够始终如一，对付风险。

布鲁达　只好如此了，鲁西列。

卡协斯　高贵无双的布鲁达，但愿天神保佑，我们维护和平能够贯彻始终。但是人事无常，不得不准备最坏的情况降临。万一失败，这就是我们最后的谈话了。

布鲁达　我谴责过卡托的自杀哲学，觉得那是懦夫的行为，所以我用耐心武装自己，静待上天的神明处理下界凡夫俗子的命运。

卡协斯　那么，如果我们败了，难道你愿意披枷戴锁，被牵到罗马街头去游行示众吗？

布鲁达　不，卡协斯，不要妄想一个像布鲁达这样高贵的罗马人会被绑到街头去示众。如果有那一天，那一定是三月节开始的大事结束了。我不知道我们还能不能再见，那就把现在这一次当作我们的生死诀别吧。如果能够重逢，不妨相视一笑；如是生死诀别，那又有什么关系呢？

卡协斯　那就永别了，布鲁达。如能相逢一笑，死又有什么遗憾？

布鲁达　前进吧,如能事后有先见之明,那也不错。

如果事先知道,那岂不是更好!

(众下。)

第 五 幕

第二场

菲力比附近战场

（布鲁达及摩沙拉上。）

布鲁达　骑马快跑，摩沙拉，跑过山去传令，（号角齐鸣。）命令山那边的军队立刻进攻。我看奥大维这一边的军威不振，你要我军迅速前进，把他们打垮。快跑，快跑，摩沙拉，去把他们打败！

（二人下。）

第 五 幕

第三场

菲力比另一战场

（号角声中,卡协斯及狄地涅上。）

卡协斯　看,啊,狄地涅,看,这些浑蛋居然拔腿就跑了,连我也变成了自己的敌人；我的旗手居然转身要逃,我只得杀了这胆小鬼,把军旗拿过来。

狄地涅　啊,卡协斯,布鲁达的进攻令下得太早了；他的军队占了优势,打败了奥大维,现在到处抢劫；而我们却被安东尼包围了。

（平达鲁上。）

平达鲁　跑远一点吧,我的主子,逃远一点吧！马克·安东尼已经占领了你的营盘。主子,赶快逃走吧，我的好主子，尽快跑得远一点！

卡协斯 跑到这座山已经够远的了。瞧，狄地涅，我看见起火的营盘了，那是不是我的营帐？

狄地涅 正是，将军。

卡协斯 狄地涅，如果你还愿意听命令，就请你骑上我的马，快马加鞭，去探听那边是谁的军队，再飞马回来告诉我：那是友军还是敌军？

狄地涅 我立刻就回来，要多快有多快。（下。）

卡协斯 去吧，平达鲁，爬上山去，我的眼睛看不清楚，你去看看狄地涅如何了解战场的情况。今天是我开始有生命的日子，时间周而复始，在哪里开头，就在哪里结束吧。我的生命已经跑完一周了。老兄，你看见什么啦？

平达鲁 （在高处）啊，我的主子！

卡协斯 你看见什么啦？

平达鲁 狄地涅被骑马的人包围了，他们踢马刺追他，他也踢马刺跑，现在，他们几乎追上他了。现在，有人下马，啊，他也下马了。大家抓住他，听他们欢呼了！

卡协斯　下来吧，不要再看了。啊，我这个胆小鬼！亲眼目睹、亲耳听到我最要好的朋友被敌人生擒活捉了，而我却还在忍辱偷生！

（平达鲁上。）

过来，老兄，你在帕西亚做了我的俘虏，我饶了你的命，要你发誓答应：无论什么时候我要你做什么事，你都一定会照我说的去做。来吧，做你发誓答应过的事吧，你现在是个自由人了，拿住这把刺杀了凯撒的宝剑，来刺穿我的胸膛吧！不要站在那里想怎样回话，快来握住剑柄，当我像现在这样蒙住脸孔的时候，你就用这把宝剑刺死我吧！——凯撒，我这是替你报仇了，刺死我的，也就是刺死你的那把宝剑啊！

（平达鲁接过剑，卡协斯蒙住脸，平达鲁把他刺死。）

平达鲁　这一下我自由了，但我本来并不想这样自由的啊。卡协斯，我怎么敢为所欲为呢？平达鲁要远远地离开这个国家，再也不让罗马人看见他了。（下。）

（狄地涅同摩沙拉上。）

摩沙拉　狄地涅，这真是旗鼓相当：奥大维败给了布鲁达的大军，卡协斯的军队却败在安东尼手下。

狄地涅　布鲁达胜利的消息可以减少卡协斯的失败感。

摩沙拉　你在哪里离开卡协斯的？

狄地涅　就在这个他垂头丧气的地方，他的仆人在山上。

摩沙拉　那个躺在地上的人不是他吗？

狄地涅　他躺着可不像个活人。天哪！

摩沙拉　那不是他吗？

狄地涅　那是过去的他，现在却不是了。夕阳西下，落日残晖已经沉入黑夜。卡协斯的光辉也落入了血泊。罗马不见天日，浮云雨露，危机四伏，一定是他把我的胜利错当成了失败，才造成了这个恶果。

摩沙拉　他把胜利错当成了失败，就造成了这可怕的后果。真是可悲！人的思想可以产生颠倒是非、混淆黑白的结果。难产的婴儿还没有降生，就把怀胎的母亲送进了坟墓。

狄地涅　怎么，平达鲁，你到哪里去了？

摩沙拉　快去找他，狄地涅，我去迎接布鲁达将军，他渴望得到这个消息。我可以说，把钢刀或毒箭杀向他的耳鼓，还比不上这个恶毒的消息会刺穿他的心呢。

狄地涅　你快去吧，摩沙拉，我要去找平达鲁。勇敢的卡协斯为什么要我去找友军呢？他们不是在我头上戴胜利的花冠，并且要我转交给你吗？难道你没有听见他们的欢呼？你怎么阴差阳错、颠倒黑白——布鲁达要我把花冠给你，我正要——不，布鲁达，快来吧，你看我怎样对卡协斯的。——天神呀，对不起，一个罗马人只能以死报答了。（自杀。）

（号角声中，布鲁达、摩沙拉、小卡托、沃伦涅、特拉多及鲁西列上。）

布鲁达　摩沙拉，他的遗体在哪里？在哪里？

摩沙拉　就在那里，狄地涅正在向他致哀呢。

布鲁达　狄地涅怎么脸也朝上了？

小卡托　他也自杀了。

布鲁达　啊，朱力斯·凯撒，你真是虽死犹生啊！你的余威不减，用我们自己的剑刺进我们自己的心了。

小卡托　勇敢的狄地涅，看，他是不是给卡协斯的阴灵戴上花冠了？

布鲁达　还有比得上他们的罗马人吗？——最后的罗马英雄，罗马不可能再有能和你们匹敌的健儿了。——朋友们，你们会看到我们如何偿还英灵的眼泪债的。——鲁西列，走吧；你也来，小卡托，我们上战场去！拉比、甫拉维，继续进行战斗吧！现在是三点钟。罗马人，在黑夜来临之前，我们要进行决定命运的第二次战斗了。

第五幕

第四场

菲力比另一战场

（号角声中，布鲁达、摩沙拉、小卡托、鲁西列、甫拉维等上。）

布鲁达　同胞们，昂首前进吧！

（战斗中下。摩沙拉、甫拉维随下。）

小卡托　奴才们才不敢抬头！大家都跟我来！我要在战场上通名报姓，听着！我是马可·卡托之子，玻西娅之弟，是暴君的对头，祖国的良友，马可·卡托的儿子。来吧！

（双方军队上场交战。）

鲁西列　我是布鲁达，玛卡斯·布鲁达，是祖国的良友！年轻有为的小卡托，把我当作布鲁达吧!

（小卡托倒下。）

你真不愧为卡托家的后人!

战士甲　投降! 否则就是死路一条。

鲁西列　我只向死亡投降。立刻把我杀了吧! 杀了布鲁达可以立功受奖啊。

战士甲　我们不杀义士。

（安东尼上。）

战士乙　让开! 将军来了。报告将军，布鲁达被生擒了。

战士甲　我自己来报告。将军在上，布鲁达已经被俘虏了，被俘虏了。

安东尼　他在哪里?

鲁西列　他安然无恙，安东尼。布鲁达安然无恙，我敢向你保证，没有敌人能生擒布鲁达，天神也不愿看到这种奇耻大辱。你找到他不论是死是活，他都会不愧为布鲁达的。

安东尼　（对战士甲）这个人不是布鲁达，老兄，但是我相信：他的身价不在布鲁达之下。对他要宽待，保证他安全，要化敌为友。去看看布鲁达是生还是死,然后到奥大维营帐来报告情况。

(众下。)

第 五 幕

第五场
菲力比另一战场

（布鲁达、塔塔涅、克里塔、特拉多及沃伦涅上。）

布鲁达　来吧,最后的弟兄们,在岩石上歇歇吧!

克里塔　我看不见斯达提的火把,主子。他恐怕不会回来了,不是被打死,就是被活捉了。

布鲁达　坐下来吧,克里塔。

（克里塔坐下。）

他大约是死了。死了多少人哟!听我说,克里塔。（低声说话。）

克里塔　什么?要我动手,主子?不行,说什么也不行。

布鲁达　那就不要说了。

克里塔　那还不如杀了我呢。

布鲁达　你怎么说，塔塔涅？

塔塔涅　要我干这种事吗？

克里塔　啊，塔塔涅。

塔塔涅　啊，克里塔。

克里塔　布鲁达要你干什么？

塔塔涅　要我杀死他，克里塔。瞧，他在想呢。

克里塔　啊，他血管里的悲哀都要流到眼睛里来了。

布鲁达　过来吧，好一个沃伦涅，听我说一句话。

沃伦涅　主子有什么话要说？

布鲁达　就是这一点，沃伦涅。凯撒的阴魂夜里向我显过两次灵：一次在沙狄斯，一次就是昨夜在这菲力比的战场上。我知道我已走上穷途末路了。

沃伦涅　不会到这一步吧，主子。

布鲁达　已经到了，沃伦涅。你看世界大势就是这样。对方已经逼得我走投无路，要把我们推下深渊。与其被人推下，不如自己跳下。沃伦涅好兄弟，我们两人从小同学，就看在昔日的情分上，请你拿住剑柄，等我冲上前时，你就让剑刺穿我的胸膛吧。

沃伦涅　那不是一个老同学该做的事，我的主子。

（号角声高。）

克里塔　快走吧，主子，快走！不能这样耽误时间了。

布鲁达　（对克里塔、塔塔涅、沃伦涅）你，还有你，还有你沃伦涅。特拉多，你一直累得醒不过来。别了！——兄弟们，我心里很高兴，这一生在一起的都是忠实的朋友，真是虽败犹荣了。奥大维和马克·安东尼虽然取得了不体面的胜利，却赢不到耿耿的忠心。我们马上就要永别了，布鲁达的舌头已经讲完了他一生的历史。夜色就在眼前，我的筋骨劳累一生，终于达到可以永远安息的时刻了。

（号角声起。幕内呼逃声高。）

克里塔　快走吧，主子，快走！

布鲁达　你先走吧，我就会来。

（克里塔下。）

特拉多，请你和主子待在一起吧，你是个靠得住的人，生命中流露出可靠的气息。拿

　　　　　住我的宝剑，转过身去，当我冲向剑尖的时
　　　　　候，你要稳稳拿住剑柄，好吗，特拉多？
特拉多　我们先握手吧，永别了，主子。
布鲁达　永别了，忠实的特拉多——
　　　　（冲向剑尖。）
　　　　　凯撒，你的幽灵可以安息了。我自杀比刺杀
　　　　　你还狠心呢！（死。）
　　　　（收兵号角声起。安东尼、奥大维、摩沙拉、
　　　　　鲁西列领军上。）
奥大维　这个人是谁？
摩沙拉　我主将的仆人，特拉多。你的主子呢？
特拉多　他摆脱了你们身上的枷锁，现在还要打败他
　　　　　只能用火攻了。布鲁达已经战胜了他自己，
　　　　　没有人能说自己战胜了他。
鲁西列　布鲁达说到做到。谢谢你，布鲁达。你也证
　　　　　明了鲁西列没有说错。
奥大维　布鲁达手下的人我都留用。伙计，你愿意时
　　　　　过境迁就改换主子吗？
特拉多　如果摩沙拉乐意的话。
奥大维　好个摩沙拉，你以为如何？

摩沙拉　特拉多，我们的主将是怎么死的？

特拉多　他要我拿住他的剑，就向剑锋冲来。

摩沙拉　奥大维，你可以用他，他最后都是忠实于他的主将的。

安东尼　他的主将在反对凯撒的人当中，是最正直的一个。其他的人反对凯撒，都是假公济私，只有他是为了公众的长远利益，是一个可以信任的人。他一生正直，如果老天开眼，也会说他才是一个真正的人。

奥大维　那就按照他的品位，安排他的葬礼吧。今夜把他的遗骨放在我的帐中，享受军人的荣誉。现在，战场收兵，

　　　　战士回营。大家一起

　　　　欢呼庆祝战争的胜利！

（众下。）

译 后 记

莎士比亚写了两本有关罗马英雄的悲剧：一本是《凯撒大将》，另一本是《安东尼与克柳葩》。有的莎剧评论家认为：以剧情论，《凯撒大将》不如《安东尼与克柳葩》有吸引力、读来令人兴趣盎然。但是如以人物描写而论，则《凯撒大将》根据《希腊罗马英雄传》的故事，用剧中人谈剧中人的写法，使读者对剧中人增加了理解。如第三幕布鲁达谈到凯撒时说：他爱我，我痛哭；他幸运，我祝福；他勇敢，我佩服；但他有野心，生命就结束。这简单地概括了凯撒爱才爱德、勇敢幸运但有野心的一生，也写出了布鲁达不因私害公的品德。但安东尼口中的凯撒和布鲁达说的却不一样：布鲁达抽象，安东尼具体，如安东尼在凯撒的遗体前说：

1. 凯撒，我爱过你，一点不错……假如我的眼睛和你的伤口一样多，我流出的眼泪不会比你流出的鲜血少，那我怎能和你的仇家言归于好呢？

2. 布鲁达却说他野心勃勃，而布鲁达是一个货真价实的好人。凯撒俘虏了许多敌人回到罗马，他们的赎金充实了国库，这能算是个人的勃勃野心吗？

3. 大家都在市场中心亲眼目睹我三次把王冠呈献给他，而他却三次都拒绝了，这是勃勃的野心么？

比较一下布鲁达和安东尼对凯撒的评论，也可以看出布鲁达和安东尼的异同。布鲁达和安东尼都爱凯撒；但布鲁达只是一般地、抽象地叙事，而安东尼却是特殊地、具体地抒情，说他流的眼泪和凯撒伤口流出的鲜血一样多，这就可以看出两人对凯撒的感情不同。布鲁达虽然也对听众说了："如果你们当中有凯撒的朋友，那我会对他说：布鲁达对凯撒的爱（感情）决不在他之下。"我看"爱"字如果译成"感情"可能更好。布鲁达说凯撒有野心,所以他杀死凯撒,但是安东尼却举了两个例子来证明凯撒没有野心,因为他三次拒绝接受王冠,并且把胜利的果实完全归公。这就用事实来批倒了布鲁达的说法,说出了凯撒的优秀品德,同时写出了布鲁达的理性重于感情、安东尼的感情重于理智。由此可以看出莎士比亚的戏剧艺术。他用人物的矛盾来写剧情的发展,又用现实主义的手法来写理论家布鲁达,用浪漫主义的手法来写实干的安东尼,这样就使现实主义和浪漫主义结合起来了。现实主义和浪漫主义的差别还表现在剧中人物使用的语言上。如上面引用布鲁达的话:"他爱我,我痛哭;他幸运,我祝福;他勇敢,我佩服;但他有野心,生命就结束。""哭、祝福、佩服、结束"都押了韵,这是浪漫主义的写法,用在布鲁达身上不合适。所以本书译文没有采用。由此可以看出莎士比亚的浪漫主义也是符合现实主义的。

莎士比亚的浪漫主义写法是不是都符合现实主义呢?那也不一定。例如,本剧最后写布鲁达的仆人说到他主人之死的时候说:

Octavius: What man is this?

Messala: My master's man, Strato. Where is your master?

Strato: Free from the bondage you are in, Messala.
　　　　The conquerors can but make a fire of him;
　　　　For Brutus only overcame himself,
　　　　And no man else hath honour by his death.

奥大维　这个人是谁?

摩沙拉　我主将的仆人,特拉多。你的主子呢?

特拉多　他摆脱了你们身上的枷锁,现在还要打败他只能用火攻了。布鲁达已经战胜了他自己,没有人能说自己战胜了他。

原文和译文中的"枷锁""火攻""战胜自己"都不像一个现实中的仆人会说出来的话,但是富有浪漫主义的美。这是莎士比亚的长处还是短处呢?那又是仁者见仁、智者见智的问题了。即使原文看起来平淡,其实却可能含有深意,翻译也不妨运用浪漫主义手法。例如第三幕第三场最后几行:

Third Plebeian	Your name, sir, truly.
Cinna	Truly my name is Cinna.
First Plebeian	Tear him to pieces! He's a conspirator.
Cinna	I am Cinna the poet, I am Cinna the poet.
Fourth Plebeian	Tear him for his bad verses! Tear him for his bad verses!

市民丙　你叫什么名字？
辛　那　我名字是辛那。
市民甲　那该碎尸万段，你是一个凶手。
辛　那　我是诗人辛那，我是诗人。
市民丁　那也应该碎"诗"万段！碎"诗"万段！

最后一句直译是因为他写了坏诗，要把他碎尸万段。这种译文没有什么好。根据莎士比亚上面"枷锁"的用法，利用中文"尸"和"诗"同音的特点，创造一个"碎'诗'万段"的译文，不是胜过原文的译文而又符合莎士比亚写作风格，并且符合中国文学翻译理论"从心所欲不逾矩"的规律吗?这正是中国译论胜过西方译论的地方,所以我就借用莎士比亚的写法,作为我的译法了。能不能胜过前人的译文呢?那就要看译文能不能使读者知之、好之、乐之了。

2017年3月3日